소중한 _____ 에게

_____ 가(이) 선물합니다.

_____

지킬박사와
하이드씨

로버트 루이스 스티븐슨 지음

영국에서 태어난 스티븐슨은 변호사 출신의 작가로, 어려서부터 몸이 약해 유럽 각지를 돌아다니며
요양 생활을 했습니다. 서른 살이 넘어서야 본격적인 작품 활동을 시작하여, 「지킬 박사와 하이드 씨」 「보물섬」 등의
명작을 남겼습니다. 1883년 출간된 모험 소설 「보물섬」은 폭발적인 인기를 얻어 아동 문학의 고전으로 자리잡았으며,
마음속에 잠재된 선과 악을 다룬 「지킬 박사와 하이드 씨」는 이중 인격의 대명사로 불릴 만큼 유명한 작품입니다.

서석영 엮음

전라북도 익산에서 태어났습니다. 우리문학에 시로 등단했고, 아동문예에 「오해」를 발표하면서
동화를 쓰기 시작했습니다. 그동안 시집 「스케치북」, 동화 「날아라! 돼지꼬리」 「동물대장 엉걸이」
「세상에서 가장 작은 논」 「베 짜는 울 엄마」 등을 펴냈으며, 아동문예문학상 · 샘터동화상 등을 받았습니다.

2023년 4월 25일 2판 7쇄 **펴냄**
2011년 8월 10일 2판 1쇄 **펴냄**
2007년 10월 10일 1판 1쇄 **펴냄**

펴낸곳 (주)효리원
펴낸이 윤종근
지은이 로버트 루이스 스티븐슨
엮은이 서석영 · **그린이** 박요한
등록 1990년 12월 20일 · **번호** 2-1108
우편 번호 03147
주소 서울시 종로구 삼일대로 457, 406호
전화 02)3675-5222 · **팩스** 02)765-5222

ⓒ 2011 · 2007, (주)효리원

ISBN 978-89-281-0145-0 64840

이메일 hyoreewon@hyoreewon.com
홈페이지 www.hyoreewon.com

지킬 박사와
하이드 씨

로버트 루이스 스티븐슨 지음
서석영 엮음 / 박요한 그림

효리원
hyoreewon.com

『지킬 박사와 하이드 씨』는 로버트 루이스 스티븐슨이 1886년에 발표한 작품입니다.

이 작품이 나온 지 100년이 넘었지만 여전히 사람들의 관심을 끌고 있습니다. 소설뿐 아니라 만화, 연극, 영화로도 만들어져 여러 차례 공연될 정도로 전 세계의 많은 사람들로부터 사랑을 받고 있습니다.

『지킬 박사와 하이드 씨』를 쓴 로버트 루이스 스티븐슨은 어린이들이 좋아하는 모험 소설『보물섬』을 쓴 작가이기도 합니다. 스티븐슨은『보물섬』에서 그랬던 것처럼『지킬 박사와 하이드 씨』로 우리를 다시 한 번 모험의 세계로 안내합니다.

하지만 이번에는 멀리 떠나는 여행이 아닙니다.

우리들 마음속으로 떠나는 여행이고 모험입니다.

스티븐슨은 여행 안내원이 되어 우리들 마음속에 존재하는 선과 악의 세계를 탐험하도록 이끕니다.

작품 속에서 헨리 지킬은 선한 마음과 함께 마음속에 존재하면서 끊임없이 싸우는 악한 마음을 따로 분리해 내기로 합니다.

어떻게 마음속에 존재하는 악을 따로 분리할 수 있을까요? 해답은 바로 약입니다. 의학자이며 과학자인 헨리 지킬은 연구를 거듭한 끝에 약을 만드는 데 성공합니다. 약을 먹은 헨리 지킬은 잔혹한 악인 에드워드 하이드로 변신합니다.

악의 사나이 하이드로 변신한 지킬 박사는 서슴없이 온갖 나쁜 짓을 하며 돌아다닙니다. 위험에 빠지면 약을 마시고 다시 헨리 지킬로 돌아옵니다. 하지만 시간이 지날수록 약을 만들 때 예상치 못했던 일들이 일어나고 그로 인해 고통을 겪습니다. 지킬 박사와 하이드는 과연 어떻게 될까요?

작가 스티븐슨은 어느 날 밤 약을 먹고 무시무시한 인간으로 바뀌는 꿈을 꾸고 이 작품을 썼다고 합니다. 이렇듯 우리는 꿈에서도 많은 걸 얻고 탐험할 수 있습니다. 꿈은 우리들에게 보물섬과 같은 것이 아닌가 하는 생각도 듭니다.

스티븐슨이 놀라운 상상력으로 펼치는 환상과 미스터리의 세계로 여행을 떠나 보시기 바랍니다.

엮은이 서 석 영

| 차례 |

변호사 어터슨

어터슨 변호사는 잘 웃지 않았다. 사람들과 이야기할 때에도 꼭 필요한 말만 했다. 그러다 보니 상대방이 당황할 때가 많았다. 몸은 마르고 키만 훌쩍 커 좀 딱딱해 보였다.

하지만 그에게는 사람을 끄는 매력이 있었다. 친구들과 와인을 마실 때 그의 눈빛은 늘 조용하고 더없이 따뜻했다.

그는 항상 자신의 감정과 욕망을 억누르는 절제된 생활을 했다. 그는 혼자 있을 때는 비싸고 귀한 와인 대신 진을 마셨다. 그는 오페라를 무척 좋아했지만 지난 20년 동안 극장에 한 번도 가지 않고 참았다.

그는 자신에게는 이렇듯 엄격했지만 남에게는 너그러웠다.

누군가 욕심에 눈이 뒤집혀 나쁜 짓을 하더라도 나무라거나 탓하지 않았다. 오히려 무엇이 그 사람을 그렇게 몰고 갔을까, 그 이유를 먼저 생각했다. 어떻게 도울 방법이 없을까, 머리를 싸매고 고민했다.

"난 성경에 나오는 카인도 이해할 수 있어. 동생 아벨을 시기하여 죽인 카인도 충분히 이해할 수 있다니까."

그는 덧붙였다.

"난 내 동생이나 형이 아무리 나쁜 짓을 해도 탓하지 않을 거야. 그렇게 만든 원인이 있을 테니까. 그걸 알면 누구도 미워할 수가 없지."

그는 이런 성격 때문에 어려움에 빠진 사람들을 잘 돌보아 주었다. 어떻게든 어려움을 해결해 주고 올바른 길로 이끌어 주려고 힘을 쏟았다.

소문이 퍼져 그의 변호사 사무실은 이런저런 문제를 가진 사람들로 늘 북적거렸다. 하지만 그는 누구도 소홀히 대하지 않았다. 사심 없이 이야기를 들어 주고 그 사람의 입장에서 이해하려고 노력했고 어려움을 해결해 줄 방법을 찾았다.

어터슨은 이해심이 많고 남에게 너그러웠기 때문에 친구들하고도 잘 지냈다. 가족이나 오래 된 친구는 물론 우연히 알게

된 친구들과 함께 있는 것도 즐거워했다.

  그는 누군가를 좋아하면 깊이 오래도록 사귀었다. 그는 먼 친척인 리처드 인필드와도 가깝게 지냈다. 두 사람은 일요일이면 나란히 산책을 하곤 했다. 사람들은 어터슨과 인필드를 보고 궁금해 하며 소곤거렸다.

  "성격이 다른 두 사람이 도대체 무엇에 호감을 느끼는 거지? 아니 호감을 느끼고 있기는 하나?"

  "난 그것보다 그들이 서로에게 무슨 할 말이 있는지 그게 더 궁금해."

  "맞아. 거의 대화도 나누지 않던데. 산책하다 아는 사람이라도 만나면 지루하던 참인데 잘 됐다면서 도망갈 얼굴이라니까."

  하지만 두 사람은 둘만의 나들이를 즐겼다. 그들은 그 시간을 보석처럼 귀하게 여겼다. 그래서 하던 일을 제쳐 놓고, 때로는 업무상 걸려오는 전화까지 무시한 채 산책을 나갔다.

  어느 일요일이었다. 그날도 어터슨과 인필드는 다른 날과 마찬가지로 산책을 하고 있었다. 그들은 런던 번화가의 좁은 길로 접어들었다.

  그 길은 평상시에는 상인들과 손님들로 북적댔다. 그곳의 상인들은 대부분 많은 돈을 벌었다. 하지만 더 많은 돈을 벌려고 가게를 화려하게 꾸몄다. 그들은 남자를 유혹하기 위해 치장하는 여인들처럼 벌어들인 돈을 외부 장식에 쏟아 부었다. 큰 길을 따라 줄지어 서 있는 가게들은 웃음 띤 여성 판매원들처럼 손님들에게 손짓했다.

하지만 일요일만큼은 조용하고 한산했다.

그런데 이 거리는 일요일조차도 침체되고 지저분한 주변 거리와는 달랐다. 마치 숲 한가운데 활활 타오르는 불꽃처럼 돋보였다. 밝고 산뜻한 색으로 칠한 덧문들과 잘 닦여 반들반들 빛나는 놋쇠 문고리들, 그리고 깨끗한 거리에 넘치는 유쾌한 선율은 지나가는 사람의 눈길을 한순간에 사로잡았다.

큰길을 따라 남쪽으로 걸어 내려가다 보면 막다른 골목길이 나왔다. 좁은 길과 큰길이 만나는 모퉁이에서 동쪽으로 두 집을 지나면 을씨년스러운 2층짜리 건물이 길 쪽으로 머리를 쑥 내밀고 들어서 있었다.

그 건물의 앞쪽에는 창문 하나 없이 문 하나만 덩그러니 있었는데, 그 문 위는 밋밋한 벽뿐이었다. 그 건물은 오랫동안 방치된 듯 지저분했고 칠까지 군데군데 벗겨져 있었다. 빛바랜 문에는 초인종은커녕 노크를 할 만한 고리쇠 장식도 달려 있지 않았다.

건물의 현관 지붕 아래에는 어깨가 축 늘어진 노숙자들이 끼리끼리 모여 앉아 문에 성냥을 그어 불을 켜고 있었다.

어린 아이들은 계단에 앉아 소꿉장난을 했고, 그보다 조금 더 큰 아이 하나는 작은 칼로 문틀을 긁어 댔다.

하지만 수십 년간 아무도 이런 불청객들을 몰아내려고 하거나 그들이 엉망으로 만들어 놓은 건물을 수리하려고 하지 않았다. 인필드와 어터슨 변호사가 막다른 골목 어귀에 다다랐을 때였다.

인필드는 지팡이를 들어 문을 가리키며 말했다.

"저 문 본 적 있으세요?"

어터슨이 고개를 끄덕이자 인 드가 계속 말을 이었다.

"저 문만 보면 예전에 일어났던 이상한 일이 생각납니다."

"그래? 무슨 일이?"

어터슨이 호기심 어린 목소리로 묻자 인필드가 이야기하기 시작했다.

문에 얽힌 이야기

　그날 난 멀리 여행을 갔다가 집으로 돌아오는 길이었습니다.

　새벽 세 시쯤 되었을까요? 정말 칠흑 같은 어둠이 짙게 깔린 겨울이었습니다. 가로등 외에는 아무것도 보이지 않았습니다. 평일의 텅 빈 교회같이 적막하기 그지없었습니다.

　난 도움을 청할 경찰이라도 어디 없을까 하는 마음으로 주변을 두리번거렸어요.

　그때 갑자기 두 사람의 모습이 보였습니다. 한 명은 동쪽으로 걸어가는 키가 작은 남자였고, 다른 하나는 교차로를 힘껏 뛰어가고 있는 여덟에서 열 살쯤 되어 보이는 소녀였어요.

　그런데 두 사람이 점점 가까워지더니 결국 저 길 모퉁이에서 부딪쳤습니다. 그리고 뒤이어 끔찍한 일이 일어났습니다. 남자가 부딪쳐 넘어진 여자 아이를 아무렇지도 않다는 듯 밟고 지나가는 것이었습니다.

소녀는 땅바닥에 쓰러져서 비명을 질렀지요. 나는 그 사내에게 멈추라고 소리치며 뛰어갔습니다. 그리고 그를 붙잡아 소녀 곁으로 끌고 갔지요.

거기에는 벌써 많은 사람들이 모여 웅성거리고 있었습니다. 차분한 표정의 그 남자는 의외로 아무 저항도 하지 않았어요. 그런데 그의 혐오스러운 눈빛과 마주친 순간 등줄기가 오싹해지며 식은땀이 나더군요.

소녀의 가족들이 웅성거리고 있을 때 의사가 나타났습니다. 소녀는 의사에게 왕진을 부탁하러 갔다 오는 길이었던 것이죠. 의사는 아이의 상태가 그렇게 나쁘진 않지만 공포에 질려 있다고 했습니다.

그것으로 사건이 대충 끝났다고 생각하실지 모르겠지만 그게 끝이 아니었습니다. 그 남자를 처음 봤을 때 내가 그랬던 것처럼 그 아이의 가족들 역시 그를 보고 혐오감을 느꼈습니다. 어처구니없게 그런 일을 당했으니 가족으로서 당연한 일이었을 거예요. 그런데 의사까지도 새파랗게 질린 얼굴로 그 사내를 노려보면서 당장이라도 죽일 듯이 흥분하더군요.

우리는 감정이 북받쳐 그 사내를 몰아세웠습니다.

"이 일을 대문짝만하게 떠벌려서 얼굴을 못 들고 다니게 하겠소."

그러자 그가 음산한 웃음을 띤 채 말하더군요.

"당신들이 이 사건으로 돈을 한 몫 챙기겠다는 생각인가 본데, 그럼 하는 수 없지. 그래 얼마면 되겠소?"

우리는 그를 몰아붙여서 100파운드의 돈을 내겠다는 약속을 받아 냈지요.

다음 일은 확실하게 돈을 받아 내는 것이었지요.

그가 우리를 데리고 어디로 갔을 것 같습니까? 바로 저 문이었습니다. 그는 열쇠로 문을 열고 안으로 들어갔어요. 그리고 얼마 안 되어서 10파운드 금화와 코츠 은행의 수표 한 장을 가지고 나왔어요.

그런데 놀랍게도 수표에는 유명 인사에다 신문지상에도 자주 오르내리는 사람의 서명이 있었습니다.

나는 그 사내에게 말했지요.

"새벽 네 시에 저런 으스스한 문으로 들어가 다른 사람이 서명한 수표를 가지고 나오다니 그걸 누가 믿겠소."

그러자 그가 비웃으며 말하더군요.

"걱정 마시오. 내가 은행 문이 열릴 때까지 기다렸다가 수표를 현금으로 바꿔 주겠소."

의사와 아이의 아빠와 저는, 사내를 따라 저 집으로 들어가 날이 밝기를 기다렸습니다.

은행 문이 열리자마자 우리는 그 사내와 함께 은행으로 갔습니다.

난 수표를 은행 직원에게 내보이며 수표가 위조된 것임에 틀림없을 거라고 말했죠. 하지만 은행원은 돈을 내밀었어요.

그 수표는 진짜였던 거예요 진짜.

"저런, 쯧쯧쯧."

인필드가 이야기를 마치자 어터슨은 혀를 찼다.

"저와 똑같은 생각을 하시는 것 같군요. 예, 안타까운 일이지요. 그 사내는 누구하고도 잘 지낼 수 없는 자였습니다. 진짜 나쁜 사람이었죠. 그런데 수표를 써 준 사람은 부유하고 매사에 반듯한 유명 인사였습니다. 더욱 놀라운 것은 그가 변호사님의 고객이라는 것이지요. 아마도 그 나쁜 사내한테 공갈 협박을 당한 게 분명해요. 정직한 사람이 젊은 시절의 잘못으로 인해 너무 비싼 대가를 치르고 있는 것이지요. 그날부터 나는 저 집을 공갈 협박의 집이라고 부른답니다."

"인필드, 그 수표에 서명한 사람이 혹시 여기 사나?"

"저런 곳에 살 것 같습니까? 말도 안 되죠. 언젠가 우연히 그 사람의 주소를 알게 되었는데 여기서 아주 가까운 곳에 살

고 있더군요."

"이 집에 대해 그 사람에게 물어 본 일은 없나 보군. 안 그래?"

"네. 저는 질문을 많이 하는 사람이 아니어서요. 꼬치꼬치 캐묻는 판검사 행세를 할 수는 없는 일 아닙니까. 일단 질문을 하나 하기 시작하면 그게 꼬리에 꼬리를 물거든요. 산꼭대기에 조용히 앉아 있다고 한번 상상해 보십시오. 돌 하나가 굴러 내려가기 시작합니다. 그게 다른 돌을 쳐서 굴러 떨어지는 돌이 점점 많아지죠. 그리고 오래지 않아 한평생 걱정 없이 살아온, 한 점잖은 노인이 자신의 뒤뜰에서 굴러 내려온 돌에 머리를 맞는 겁니다. 그 가족은 사람들이 수군대는 걸 피하기 위해 이름까지 바꿔야 할지도 모릅니다. 그럴 수는 없는 일이지요. '수상쩍을수록 묻는 것을 삼가라.' 이게 제가 굳게 믿고 지키며 살아가는 신조지요."

"과연 자네답구먼."

어터슨은 고개를 끄덕이며 말했다.

"그렇지만 이 집에 대해서는 제가 좀더 알아보았습니다. 사실 이곳은 집 같은 분위기는 나지 않습니다. 일단 이 문이 유일한 통로인데도 문을 드나드는 사람이 전혀 없어요. 유일하게 드나드는 사람이라고는 내가 궁금하게 생각하는 그 사내인데, 아주 가끔 옵니다. 1층에는 막다른 골목 쪽으로 난 세 개의 창문이 있습니다. 모두 다 하늘 쪽을 향해서 열리게 되어 있지요. 그나마도 항상 닫혀 있습니다. 그리고 굴뚝이 하나 있는데 항상 연기가 모락모락 납니다. 다시 말하면 누군가 살고 있다는 뜻이지요. 건물들이 다닥다닥 붙어 있어서 어디가 건물의 시작이고 어디가 끝인지 확실히 말할 수는 없지만 말입니다."

두 사람은 그곳을 떠나 얼마간 아무 말 없이 걸었다.

"인필드, 수상쩍을수록 묻는 것을 삼가라는 자네 신조 말이야. 참 좋은 것 같아."

어터슨이 먼저 입을 열었다.

"예, 제 생각에도 그렇습니다."

인필드가 대답했다.

"그런데 한 가지 궁금한 게 있네. 아이를 짓밟은 사내의 이름을 알 수 있을까?"

"아, 그게 말이지요, 그 이름을 말하면 앞으로 무슨 일이 생길지 모르지만, 음……."

인필드는 머뭇거리더니 어쩔 수 없다는 듯 말했다.

"하이드라는 사내입니다."

"어떤 사람으로 보이던가?"

"그게 한 마디로 설명하기가 어렵습니다. 아주 혐오스러운 인상이었습니다. 저는 그렇게까지 불쾌한 생각이 드는 남자는 지금까지 한 번도 본 적이 없습니다. 왜 그렇게 생각하냐고 묻는다면, 글쎄요, 그는 어딘가 모르게 비틀려 있었습니다. 우리가 흔히 보는 보통 사람이 아니었습니다. 이렇게밖에는 말할 수가 없군요. 제가 지금 좀 횡설수설하는데 그를 정확히 묘사하는 것은 이처럼 불가능합니다. 하지만 그건 제가 기억을 못해서가 아닙니다. 지금 이 순간에라도 그가 나타나면 금방 알아볼 수는 있거든요."

어터슨은 한동안 다시 아무 말 없이 걸었다.

무엇인가 심각하게 고민하고 있는 게 분명했다.

"그가 열쇠로 문을 연 게 확실한가?"

어터슨은 믿을 수가 없다는 듯 물었다.

"아유, 그럼 제가 보지 않은 걸 말했겠습니까?"

인필드가 갑작스러운 질문에 놀라며 말했다.

"자네를 못 믿어서 이러는 게 아니네. 열쇠에 대해 자꾸 묻는 게 이상하겠지. 나도 알고 있네. 사실 그 서명인의 이름을 묻지 않는 것은 이미 그게 누군지 알고 있기 때문이야. 인필드, 자네 이야기는 아주 인상적이었어. 혹시라도 사실과 조금이라도 다른 부분이 있다면 지금 말해 주게.”

인필드는 기분이 상한 듯 약간 뚱한 얼굴로 어터슨을 쳐다보았다.

“시시콜콜한 것까지도 정확하게 말씀드렸습니다. 그 남자는 열쇠가 있었어요. 그리고 한 가지 더 말씀드릴까요? 그는 지금도 열쇠를 가지고 있습니다. 며칠 전에도 그가 열쇠로 문을 열고 들어가는 걸 이 두 눈으로 똑똑히 보았으니까요.”

어터슨은 깊은 한숨을 내쉬며 침묵에 빠져들었다.

잠시 후 인필드가 쑥스러운 듯이 말을 이었다.

“오늘 또 하나의 교훈을 얻게 되었군요. 말을 아껴라. 오늘 제가 너무 헤펐습니다. 창피하네요. 이 자리에서 한 가지 약속을 하지요. 이 일을 두 번 다시 입 밖에 꺼내지 않기로 말입니다.”

“좋아. 인필드, 그런 뜻으로 우리 악수할까?”

어터슨은 손을 내밀었다.

이상한 유언장

그날 밤 어터슨은 혼자 사는 자기 집에 돌아와서 무슨 맛인지도 모른 채 저녁 식사를 끝냈다.

그는 일요일이면 저녁 식사가 끝난 후 벽난로 옆에 있는 책상에 앉아 따분한 종교 서적을 뒤적이고는 했다.

교회의 종소리가 열두 시를 알리면 그제야 감사한 마음으로 차분하게 잠자리에 들었다.

하지만 그날 밤은 달랐다. 어터슨은 식사를 끝내자마자 촛불을 하나 들고 자신의 사무실로 향했다. 그러더니 금고를 열고 가장 깊숙이 놓아 둔 문서 중에서 '지킬 박사의 유언'이라고 쓰인 봉투를 꺼냈다.

그는 눈살을 찌푸리며 내용을 자세히 살펴보았다.

지금은 지킬 박사의 변호사인 자신이 맡아서 보관하고 있지만 그 유언장은 자신의 도움 없이 지킬 박사가 처음부터 끝까지 직접 작성한 것이었다.

유언장에는 이렇게 씌어 있었다.

의학박사이자 법학 박사이며 왕립 협회 회원인 헨리 지킬이 사망할 경우, 그 모든 재산을 '친구이자 상속자인 에드워드 하이드'에게 넘겨 준다.

뿐만 아니라 지킬 박사가 사라지거나 3개월 이상 아무 단서 없이 집을 비웠을 경우에도 에드워드 하이드는 헨리 지킬로부터 모든 것을 상속받는다.

에드워드 하이드는 지킬 박사의 집에서 일하는 사람들에게 지불하는 월급을 제외하고는 아무런 의무나 부담도 질 필요가 없다.

어터슨은 언짢은 마음으로 유언장을 계속 내려다보고 있었다. 지킬 박사의 변호사가 아니라 평범한 상식을 가진 사람의 입장이 되어 생각해 보아도 영 못마땅한 내용이었다.

공갈 협박을 받지 않고서는 도저히 쓸 수 없는 유언장이었다.

'하이드가 도대체 누구란 말인가!'

어터슨은 그 유언장을 맡을 때부터 뭔가 잘못됐다는 느낌이 들었다. 그리고 하이드가 누구인지 내내 궁금했다. 그런데 오늘 그 이름을 우연히 전혀 뜻밖의 사람한테서 듣게 된 것이다.

'유언장에서 하이드라는 이름을 처음 보았을 때부터 기분이 좋지 않았는데 인필드에게서 그가 썩 좋지 않은 사내라는 말을 들으니 더욱 불쾌해지는군.'

어터슨은 하이드를 떠올리자 을씨년스럽고 으스스한 기분이 들었다. 안개가 자욱하게 낀 듯 눈앞이 흐려지더니 그 희뿌연 안개 속에서 갑자기 악마가 튀어나올 것만 같았다.

"미친 짓이야."

어터슨은 기분 나쁜 유언장을 금고에 다시 잽싸게 넣으며 중얼거렸다.

"뭔가 협박을 받은 게 분명해. 지킬 박사가 제정신으로 이 유언장을 쓰진 않았을 거야. 그렇다면 큰일인데. 잘못하다간 지킬 박사가 하이드에게 당하게 생겼잖아. 이러고 있을 때가 아니야. 누군가 유언장에 대해 알고 있다면 그건 바로 래니언일 거야. 래니언한테 가서 물어 보아야 해."

어터슨은 촛불을 훅 불어 끄고는 두꺼운 외투를 걸쳐 입고 병원들이 몰려 있는 캐번디시 광장 쪽으로 향했다. 거기에는 어터슨의 친구이자 유명한 의사인 래니언 박사의 집이 있었는데 그 집은 환자들로 늘 북적대는 개인 병원이기도 했다.

"어서 오십시오."

래니언의 무뚝뚝한 집사가 어터슨을 알아보고 맞아들였다. 래니언 박사는 거실에서 홀로 포도주를 마시고 있었다.

불그레한 안색의 말쑥한 신사인 래니언 박사는 건강했지만 나이에 비해 흰 머리가 많은 편이었다. 하지만 정열적이며 확신에 찬 태도를 지니고 있었다.

어터슨을 보자 래니언 박사는 의자에서 벌떡 일어나며 두 팔을 벌려 반겼다. 항상 그랬던 것처럼 따뜻한 웃음을 지어 보이는 것도 잊지 않았다.

어터슨과 래니언은 어릴 때부터 늘 붙어다니던 단짝으로 같은 대학에서 공부를 마치기까지 한, 오래 된 친구였다. 둘은 서로를 존경했다.

"그래, 그동안 잘 있었나?"

"덕분에 잘 지냈네."

인사를 나눈 후 어터슨 변호사는 자신의 머릿속을 온통 사로잡고 있는 꺼림칙한 얘기를 꺼냈다.

"래니언, 내 생각에는 자네와 헨리 지킬이 가장 오래 된 친구일 것 같은데……."

"자네 말이 맞아. 그런데 무슨 일인가? 난 한동안 헨리를 못 봤는데."

"아, 그래? 난 자네들이 연구하는 학문 분야가 같아서 자주 연락하고 있는 줄 알았는데."

"사실 그랬었지. 그런데 헨리가 황당무계한 생각에 빠진 뒤로는 더 이상 만난 일이 없네. 벌써 10년도 넘었군. 헨리가 점점 이상한 생각을 하기 시작했지. 물론 난 계속해서 그의 생각을 돌려 보려고 했어. 친구로서 책임감 같은 게 있잖은가? 그런데 계속해서 비과학적이고 엉뚱한 소리를 해 대는 거야. 그 소리를 듣다 보면 아무리 친한 친구라도 사이가 멀어졌을 거야."

래니언은 얼굴을 붉으락푸르락하며 말했다.

'래니언과 지킬은 학문적으로만 문제가 있을 뿐 다른 문제는 없는 것 같아.'

어터슨은 래니언이 흥분해 씩씩거리는 것을 보며 도리어 다행으로 여겼다.

"그다지 나쁜 일도 아닌데 뭐."

어터슨은 래니언의 기분이 좀 가라앉기를 기다렸다가 궁금했던 이야기를 꺼냈다.

"혹시 헨리가 돌봐 주고 있는 하이드란 사람을 아는가?"

"하이드? 아니, 한 번도 들어 본 적이 없는데."

어터슨 변호사는 래니언의 대답이 얼마나 반가운지 몰랐다. 그는 속으로 생각했다.

'지킬의 가장 친한 친구인 래니언이 모르는 사람이라면 내가 생각하는 것처럼 그렇게 심각한 문제는 아닐 거야.'

어터슨은 래니언이 하이드를 모른다는 사실을 알아 낸 것으로 만족해 하며 발길을 돌렸다. 집으로 돌아온 어터슨은 불도 켜지 않고 커다란 침대에 누웠다.

하지만 동이 틀 때까지 이리저리 뒤척이며 도저히 잠을 이루지 못했다.

하이드 씨를 찾아서

땡땡땡……. 가까운 교회에서 여섯 시를 알리는 새벽 종소리
가 들려왔다. 어터슨은 머릿속을 맴도는 질문들에 사로잡힌
채 짙은 어둠 속에서 씨름하다가 아침을 맞았다.

여러 가지 생각으로 머릿속이 복잡해졌다. 온갖 상상이 걷잡
을 수 없이 펼쳐지며 빠져 나올 수 없는 미로에 갇힌 듯 가슴
까지 답답하게 했다.

깜깜한 밤 커튼이 쳐진 방 안에서 누웠다 일어났다 하다 보
니 인필드의 이야기가 사진처럼 한 컷 한 컷 눈앞에 다가왔다.

어둠이 깔린 도시의 밤거리에 줄지어 늘어선 가로등의 행렬.
날아갈 듯 걸어가고 있는 한 사내. 의사를 부르러 갔다가 돌아

오는 아이. 그 둘이 마주치고 인간의 탈을 쓴 한 괴물은 아이를 짓밟고는 아이가 비명을 지르건 말건 지나가 버린다.

어터슨은 지킬 박사가 잠들어 있는 방도 떠올렸다.

큰 저택의 침실에 잠들어 있는 지킬 박사. 달콤한 꿈을 꾸고 있는지 미소를 띠고 있다. 방문이 열리고 침대를 둘러싼 커튼이 젖혀지더니 지킬 박사를 부르는 소리가 들린다. 지킬 박사의 침대 옆에는 사악한 그 사내가 바짝 다가서 있다. 사방이 쥐 죽은 듯 고요한 시간이지만 지킬 박사는 일어나서 그 사내가 시키는 대로 해야만 한다.

이 두 장면이 어터슨의 머릿속을 밤새도록 맴돌면서 떠나지 않았다. 깜빡 졸기라도 하면 그 사내는 어터슨의 꿈 속으로까지 침입해 들어왔다.

괴물 같은 모습으로 지킬 박사가 잠든 집에 은밀하게 침입하거나, 가로등만 줄지어 서 있는 미로 같은 도시의 밤거리를 눈썹을 휘날리며 휘젓고 다닌다. 그러다 거리 모퉁이에서 아이를 만나면 단숨에 짓밟고 처참한 비명 소리를 뒤로한 채 다음 희생자를 찾아 이 거리 저 거리를 누볐다.

어터슨의 상상 속에서 하이드는 얼굴 없는 괴물이었다.

그 사내는 꿈 속에서도 얼굴 없이 나타났다. 섬뜩한 얼굴이 잠시 나타났다가도 눈앞에서 스르르 녹아내렸다.

도대체 하이드는 어떻게 생긴 녀석일까?

어터슨 변호사는 하이드라는 인물에 대해서 감당할 수 없을 만큼 강한 호기심을 느꼈다.

'하이드를 한 번 볼 수만 있다면 얽혀 있는 모든 수수께끼가 실타래처럼 풀릴 텐데. 실마리는 항상 사소한 데서 잡히는 법이니까. 그를 볼 수만 있다면 지킬이 그를 정말 좋아하는지 아니면 어떤 일 때문에 얽혀 있는 것인지 그 이유를 알 수 있을 거야. 어쩌면 수상한 점투성이인 지킬의 유언장에 대한 단서를 발견할 수 있을지도 몰라. 어쨌든 꼭 한 번 하이드의 얼굴을 봐야겠어. 자비라고는 눈곱만큼도 없다니 도대체 어떻게 생긴 작자일까? 웬만한 일 아니고서는 기억도 못 하는 인필드가 단 한 번 봤을 뿐인데 마음에 사무치도록 증오를 품고 있으니 더욱 궁금해지는데. 도대체 어떻게 생겼을까?'

그날 이후로 어터슨은 가게들이 줄지어 늘어선 좁은 길의 그 문 주위를 서성이기 시작했다. 변호사 사무실 문을 열기 전 이른 아침이나 점심시간, 너무 바빠 시간을 낼 수 없을 때면 한밤중에라도 어터슨은 그 골목을 찾아왔다. 인적이 드문 시간이든 아니면 사람들로 북적대는 한낮이든 어터슨은 항상 그

문이 잘 보이는 곳에 서서 문을 노려보았다.

'그 녀석이 숨어 있는 은둔자(Mr.Hide)라면, 난 그를 찾는 탐색자(Mr.Seek)다.'

어터슨은 포기하지 않으리라 마음을 다졌다. 마침내 참고 기다린 보람이 있었다. 구름 한 점 없는 추운 겨울밤이었다.

열 시쯤 되어 가게들이 문을 닫자 술렁거리는 런던의 다른 지역과는 달리 그 골목길은 쥐죽은 듯 고요했다. 집 안에서 나누는 말소리가 길 건너편까지 들릴 만큼 거리는 조용했다. 길모퉁이를 걸어가는 행인의 모습이 나타나기 훨씬 전에 먼저 인기척이 들릴 정도로 거리는 고요했다.

항상 같은 자리에서 문을 감시하고 있던 어터슨은 그날도 그 자리에 서 있었다. 몇 분쯤 흘렀을까? 이상하리만치 경쾌한 발소리가 다가오는 것을 느꼈다. 마치 순찰을 돌듯 밤이면 늘 이곳에 왔기 때문에 어터슨은 도시의 소음 속에서도 멀리서 들려오는 사람의 발소리를 구별해 낼 수 있었다.

그런데 그날 밤 어터슨이 들은 발소리는 평상시와 달리 그를 바짝 긴장시켰다. 마침내 올 것이 왔다는 생각에 어터슨은 막다른 골목으로 몸을 숨겼다.

발소리는 점점 가까워지고 있었다. 그 사람이 마침내 좁은

길에 다다랐는지 갑자기 발소리가 커졌다.

어터슨 변호사는 막다른 골목에서 고개를 내밀어 상대가 도대체 어떤 사람일까 쳐다보았다.

그는 작은 키에 평범한 옷을 걸치고 있었는데, 멀리서 보기에도 왠지 모를 혐오감을 불러일으켰다.

어쨌든 사내는 시간을 아끼려는 듯 횡단보도가 아닌 곳을 가로질러 문으로 곧장 향하고 있었다. 문 앞에 선 사내는 자기 집에 들어가듯 자연스럽게 주머니에서 열쇠를 꺼내 들었다. 어터슨은 막다른 골목에서 나와 사내 쪽으로 가서 그의 어깨를 툭 쳤다.

"하이드 씨입니까?"

하이드는 뒤를 돌아보며 움찔하더니 '흡' 하고 숨을 들이켰다.

하지만 조심하는 태도도 오래 가지 않았다. 하이드는 어터슨 변호사를 쳐다보지 않은 채 차갑게 대답했다.

"예, 내가 하이드입니다. 무슨 일이죠?"

"이 집에 들어가려고 하시는 것 같은데요. 저는 지킬 박사의 오랜 친구 어터슨입니다. 아마 제 이름을 들어 보셨을 텐데요. 마침 잘 만났습니다. 같이 들어가도 되겠습니까?"

"지킬 박사는 없습니다. 지금 외출 중이죠."

'물론 없겠지. 지킬이 이런 유령의 집 같은 곳에 살고 있을 리 없을 테니까. 그리고 난 그의 집을 알고 있지.'

어터슨은 이런 생각을 하면서도 하이드에게서 눈을 떼지 않았다. 열쇠를 만지작거리던 하이드는 여전히 어터슨을 쳐다보지 않은 채 갑자기 물었다.

"그런데 저를 어떻게 아시죠?"

"물음에 대답하기 전에 제 부탁을 먼저 들어 주시겠습니까?"

어터슨이 말하자 하이드는 떨떠름한 표정으로 물었다.

"말씀해 보시죠. 무엇입니까?"

"얼굴을 좀 볼 수 있을까요?"

하이드는 약간 망설이는 듯했다. 하지만 갑자기 무슨 생각이 들었는지 어터슨에게 얼굴을 돌렸다.

둘은 몇 초 동안 서로를 뚫어져라 쳐다보았다.

"또 만나면 이제 얼굴을 알아볼 수 있겠습니다. 고맙습니다."

"이렇게 만났으니 주소도 알려 드려야 하는 거 아닌가요?"

이렇게 말하며 하이드는 소호거리에 있는 자신의 주소를 알려 주었다.

'이 자가 왜 굳이 주소까지 알려 주는 거지? 혹시 지킬의 유언장을 염두에 두고 이러는 건 아닐까?'

하는 생각이 들었지만 어터슨은 내색하지 않았다.

오히려 주소를 알려 줘서 고맙다고 말했다.

"자, 그럼, 이번에는 제 질문에 대답해 주셔야지요. 저를 어떻게 아시죠?"

하이드가 궁금하다는 듯이 물었다.

"당신에 대해 들었습니다."

"누구한테 들었습니까?"

"우리 둘은 같은 친구가 있을 텐데요."

"같은 친구? 그런 친구가 있습니까?"

하이드는 놀란 목소리로 물었다.

"예를 들면 지킬이라든가……."

하이드는 갑자기 안색이 변하더니 고함을 질렀다.

"지킬이 말했다고요? 아니, 지킬은 당신에 대해 한 번도 말한 적이 없습니다. 당신은 지금 거짓말을 하고 있어요."

"어허, 말씀이 지나치십니다."

하이드는 이를 악물고 으르렁거리더니 곧 소름끼칠 정도로 웃기 시작했다. 그리고 눈 깜짝할 새에 문을 열더니 집으로 들어가 버렸다.

어터슨 변호사는 하이드가 들어간 후에도 한동안 얼어붙은 듯 움직일 수가 없었다. 어느 정도 정신이 들자 천천히 길을 걷기 시작했다. 한두 걸음 뗄 때마다 멈춰 서서 머릿속이 복잡한 듯 이마에 손을 대곤 했다. 어터슨을 괴롭히는 문제는 쉽게 풀릴 것 같지 않았다.

하이드는 창백했고 난쟁이처럼 오그라든 사내였다. 어딘지 모르게 뒤틀린 느낌을 주었지만 딱히 어디가 어떻다고 꼬집어 말하기도 어려웠다. 이상하리만큼 겁먹은 듯한 태도에 대담함이 뒤섞여 있었다. 목소리는 약간 갈라지면서 쉰 듯 했다. 웃음소리는 소름이 돋게 할 정도로 기괴했다.

하지만 이런 점들이 어터슨이 하이드에 대해 느끼는 혐오감과 공포감을 다 설명할 수 있는 건 아니었다.

'뭔가 분명히 더 있어. 이게 전부가 아니라고. 뭔가 내가 모르는 비밀이 있는 게 틀림없어. 오, 하나님. 그 녀석은 도대체 인간 같지가 않습니다. 음침한 동굴에나 어울린다고 할까요. 사악한 영혼이 육체를 뚫고 나온 것처럼 뒤틀려 있습니다. 아, 불쌍한 헨리 지킬. 자네 새 친구의 얼굴은 사탄의 모습 바로 그대로야.'

좁은 길에서 모퉁이를 돌아 나오면 고풍스러운 저택들이 들어서 있는 구역이 나왔다. 이젠 건물 여기저기가 낡았고, 사무

원, 건축가 등 여러 가지 직업을 가진 사람들이 방을 빌려 살고 있었다.

그런데 딱 한 집만은 아직 한 사람이 소유한 채 옛 멋을 간직하고 있었다.

그 집 현관문에 달려 있는 부채꼴 모양의 창에서 흘러나오는 빛이 없었다면 이 저택은 캄캄한 어둠 속에 묻혀 보이지 않았을 것이다. 어터슨은 모퉁이에서 두 번째인 이 저택 앞에 이르러 노크를 했다.

"지킬 박사는 안에 계신가?"

어터슨 변호사가 하인 폴에게 물었다.

"보고 오겠습니다, 선생님."

폴은 어터슨을 안으로 모시며 말했다.

안으로 들어서니 천장이 낮은 홀이 나왔다. 벽은 깃발들로 거의 도배되어 있었고, 벽난로가 활활 타오르고 있는 방 한쪽에는 오크 나무로 만든 값비싼 장식장이 놓여 있었다.

"선생님, 불 옆에서 몸이라도 좀 녹이시죠. 응접실에 가실 거면 등불을 켜 드릴까요?"

"여기 있겠네, 폴."

어터슨은 벽난로 주위에 쳐진 울타리에 기대서며 말했다.

지금 어터슨이 혼자 서 있는 이 홀은 지킬 박사가 아끼는 장소다. 어터슨도 런던에서 가장 기분 좋은 방이라고 종종 얘기하던 곳이었다.

하지만 오늘 밤은 이 방에 들어와 있어도 기분이 좋지 않았다. 계속해서 눈앞을 떠나지 않는 소름끼치는 하이드의 모습 때문이었다.

벽난로에서 이글거리는 불꽃이 반사돼 반짝반짝 광택이 나는 장식장이 붉게 타오르고 있었고, 천장에는 기분 나쁜 그림자가 너울대고 있었다. 어터슨은 불길하다는 생각이 들었다.

그때 폴이 들어와 지킬 박사가 지금 집에 없다고 했다.

이상한 기분에 휩싸여 있던 어터슨은 지킬이 없다는 말에 오히려 안심이 되었다.

"폴, 난 조금 전에 예전에 실험실로 쓰던 방으로 하이드 씨가 들어가는 걸 봤다네. 지킬 박사가 없을 때 그렇게 들어가도 괜찮은가?"

"그럼요, 선생님. 하이드 씨는 열쇠를 가지고 있습니다."

"폴, 주인어른이 그 젊은이를 꽤나 믿는 모양이로군."

어터슨은 생각에 잠기며 말했다.

"예, 상당히 신뢰하십니다. 우리들에게도 하이드 씨의 말을 잘 들으라고 말씀하셨습니다."

"폴, 난 지금까지 하이드 씨를 만난 일이 없는 것 같은데."

"아마 그러실 겁니다. 하이드 씨는 여기서 식사하는 일이 없습니다. 이 쪽으로 건너오는 일도 거의 없죠. 실험실 쪽으로만 드나듭니다."

"그래. 알겠네, 폴. 잘 자게."

"안녕히 가십시오, 선생님 ."

어터슨 변호사는 무거운 마음으로 집을 향했다.

'불쌍한 헨리 지킬! 헨리가 단단히 잘못 걸려든 것 같아. 틀림없이 젊었을 때 저지른 일 때문에 지금 괴롭힘을 당하는 거라고. 대수롭지 않게 생각해서 지나쳤던 일이 지금 와서 그를 옥죄는 벌로 찾아온 거야.'

어터슨 변호사는 소스라치게 놀라며 혹시 자신도 과거에 잘못을 저지른 일이 있었는지 돌이켜보았다.

상자 속에서 불쑥 튀어나오는 어릿광대 인형처럼 옛 잘못이 불쑥 고개를 들지도 모를 일이었다.

어터슨은 정직하게 살아왔다고 자부하고 있었다. 하지만 자신이 살아온 인생에 대해 한 점 부끄러움 없이 떳떳한 사람은 거의 없을 것이다. 어터슨은 자기가 한 잘못들이 떠올라 부끄러움을 느꼈다. 가까스로 뿌리치긴 했지만 거의 저지를 뻔한 잘못들까지 생각하니 점점 공포가 밀려왔다.

그러다 문득 하이드에게 생각이 미치자 어터슨은 어떤 희망 같은 것이 생겼다.

'그래. 하이드란 녀석도 과거를 캐 보면 감추고 있는 비밀이 있을 거야. 보나마나지. 지킬은 그에 비하면 천사일 거야. 지킬이 당하고 있도록 이대로 놔둘 순 없어. 헨리의 침대 옆에서 강도처럼 노략질을 일삼는 저 괴물은 생각만 해도 소름이 돋아. 불쌍한 헨리. 정말 바짝 정신을 차려야 해. 하이드가 지킬이 쓴 유언장에 대해 안다면 하루라도 빨리 상속받으려고 날뛸지 몰라. 그건 위험해. 지킬만 원한다면 내가 힘껏 도와야 해. 지킬이 내게 모든 걸 털어놓고 도와 달라고 해야 할 텐데.'

유언장에 있던 이상한 구절이 다시 또렷하게 떠올랐다.

의학박사이자 법학 박사이며 왕립 협회 회원인 헨리 지킬이 사망할 경우, 그 모든 재산을 '친구이자 상속자인 에드워드 하이드'에게 넘겨준다.

뿐만 아니라 지킬 박사가 사라지거나 3개월 이상 아무 단서 없이 집을 비웠을 경우에도 에드워드 하이드는 헨리 지킬로부터 모든 것을 상속받는다.

에드워드 하이드는 지킬 박사의 집에서 일하는 사람들에게 지불하는 월급을 제외하고는 아무런 의무나 부담도 질 필요가 없다.

태연한 지킬 박사

2주가 지난 날이었다. 지킬 박사는 옛 친구 대여섯 명을 불러서 저녁 식사를 함께 하는 자리를 마련했다.

그들 모두는 포도주를 즐길 줄 아는 학식 있는 사람들로, 주위로부터 존경을 받고 있었다.

어터슨은 여느 때처럼 다른 사람들이 모두 떠난 후에도 헨리 지킬 곁에 남았다.

어터슨이 이렇게 끝까지 남는 것은 벌써 여러 번 있었던 일이기에 새로울 것도 없었다. 일단 어터슨에게 호감을 느낀 사람들은 그의 매력에 푹 빠졌다. 사람들은 무뚝뚝한 어터슨을 붙잡아 두고 그와 함께 더 이야기를 나누고 싶어 했다.

술을 마셔서 기분이 좋아진 사람들과 술에 취해 혀가 꼬인 사람들이 떠난 후, 편안한 느낌의 어터슨과 함께 앉아 조용한 분위기를 즐기길 원했다. 지킬 박사 역시 예외가 아니었다.

그날 밤도 그랬다. 벽난로 반대편에 앉아 있는 지킬은 어터슨과 함께 푸근한 시간을 보내고 있었다.

"지킬, 자네에게 할 말이 있네. 자네 유언장에 관한 건데……."

어터슨이 먼저 말을 꺼냈다.

어터슨은 이 말이 지킬을 거북하게 만들 것이라는 걸 알고 있었다. 하지만 지킬 박사는 안 그런 척 받아 넘겼다.

"어터슨, 나 때문에 고생이 많군. 자네가 그 유언장 때문에 걱정이 많다는 건 나도 잘 알고 있네. 내 이론을 비과학적이라고 몰아붙이며 잘난 척하는 고집불통 래니언을 빼면 자네가 아마 가장 마음고생이 심할 거야. 아, 알아. 래니언은 좋은 친구지. 그렇게 얼굴 찌푸리지 말게. 그 친구를 좀더 이해하고 싶다는 내 마음만은 지금도 변함이 없어. 단지 잘난 척에 고집불통, 거기에 무식하고 공격적이기까지 한 그의 태도는 정말 ……. 난 래니언에게 실망했네."

"자네도 알다시피 난 자네 유언장을 인정할 수 없다네."

어터슨은 지킬이 한 말은 관심도 없다는 듯 유언장 이야기를
계속했다.

"내 유언장? 아, 물론이지. 나도 안다네."

지킬 박사가 약간 날카로워진 어투로 대꾸했다.

"그래. 다시 한 번 말하겠네. 하이드란 젊은이에 대해 조금
알게 되었는데……."

어터슨이 하이드 이야기를 꺼내자 지킬 박사의 크고 잘생긴
얼굴이 파래지더니 입술 색까지 변했다.

눈은 근심 걱정으로 침울해 보였다.

"하이드에 대해 더 들을 필요가 있을지 모르겠군. 자네나 나
나 이 문제는 다시 말하지 않기로 한 걸로 아는데."

"지킬, 이건 그냥 지나칠 수 없는 말이라네. 난 아주 구역질
나는 얘길 들었어."

어터슨이 말하자 지킬은 갑자기 태도를 바꿔 대답했다.

"더 이야기해도 아무것도 달라질 게 없네. 자네는 내가 어떤
상황에 처해 있는지 이해 못 해. 난 정말 괴롭다네, 어터슨. 난
지금 아주 특이한 상황에 처해 있어. 말로 해서는 아무것도 달
라질 것이 없다네."

"지킬, 자네는 나를 잘 알지 않나. 지금까지 날 믿어서 낭패

본 적은 없지 않은가. 그러니까 날 믿고 다 털어놔 보게. 분명히 내가 자네를 도울 수 있을 거야."

"어터슨, 자네는 좋은 친구야. 그래. 친절은 고맙네. 난 자네가 날 진심으로 돕고 싶어 한다는 걸 알아. 자네에 대한 고마움을 정말 어떻게 표현해야 할지 모르겠군. 이 세상 누구보다 난 자네를 믿어. 그래, 나 자신보다 자네를 더 믿는다면 자네가 내 마음을 알까? 그렇지만 이 문제는 자네가 생각하는 그런 게 아니네. 그리고 자네가 생각하는 만큼 그렇게 나쁘지도 않아. 좀 특이한 상황일 뿐이지. 그러니 마음놓게나. 한 가지는 자네에게 말해 주지. 언제라도 맘만 먹으면 하이드 씨를 멀리할 수 있다고 맹세하네. 정말 고맙네. 한 마디만 더 하자면 언젠가 자네가 날 위해 중요한 일을 해 줄 걸세. 하지만 지금은 그냥 이 문제를 덮어 두게. 이건 내 개인적인 문제야."

어터슨은 타오르는 불빛을 바라보며 잠시 생각에 잠겼다.

"난 진심으로 자네를 믿네."

어터슨은 자리에서 일어서며 말했다.

"이왕 얘기가 나온 김에 하는 말인데, 이게 마지막이겠지만 자네가 꼭 이해해 줬으면 하는 게 있어. 난 정말 불쌍한 하이드를 걱정하고 있다네. 자네가 하이드를 만난 걸 알아. 그 녀석이 그러더군. 혹시 그 녀석이 예의 없이 행동하진 않았나?
만약 내가 갑자기 없어져 버린다면 난 자네가 유언장에 따라
그 녀석에게 모든 걸 챙겨 주길 바라네. 자네가 모든 걸 이해
하게 되면 당연히 그럴 거라 생각하지만 말이야. 어쨌든 자네
가 약속해 준다면 난 마음이 한결 편하겠네. 내가 하이드를 늘
관심 있게 지켜보고 있지만 걱정이 되어서 말이야."

"지킬, 나는 하이드를 좋아하는 척할 수는 없네."

어터슨 변호사가 말했다.

"그걸 바라는 건 아니야. 단지 공정하게 대해 달라는 것이
네. 내가 더 이상 여기 없을 때, 날 봐서라도 그 녀석을 도와
주라고 부탁하는 것이네."

지킬은 어터슨의 팔을 잡으며 애원하듯 말했다.

어터슨은 자신도 모르게 한숨을 쉬며 말했다.

"그래. 약속하지."

댄버스 캐류 경 살인 사건

이듬해 10월 어느 날, 런던은 잔인한 범죄로 시끄러웠다. 희
생자가 높은 자리에 있는 사람이었기에 그 사건의 파장은 더
욱 컸다. 사건 자체는 단순했으나 사람들의 충격은 그 이상이
었다.

템스 강에서 그리 멀리 떨어지지 않은 집에 홀로 살고 있는
하녀가 있었다.

그녀는 열한 시쯤 잠자리에 들기 위해 위층으로 올라갔다.
런던은 늘 안개가 나지막이 깔리곤 했지만 그날 밤은 구름 한
점 없이 맑았다. 하녀의 방에서 내다보이는 골목길은 보름달
로 환하게 밝혀져 있었다. 하녀는 창턱에 앉아 창 밖을 내다보

며 낭만적인 상상에 잠겨 있었다.

'사람들은 모두 상냥하고 친절하며 세상은 참 평화로워.'

그녀는 생각에 잠겨 있다 골목길을 따라 멋진 백발의 노신사가 걸어오는 것을 보았다. 그리고 반대쪽에서도 키가 작은 한 남자가 걸어오는 것을 보았다.

서로 말소리가 들릴 만한 거리에 이르자 노신사는 키 작은 남자에게 아주 친절한 태도로 머리 숙여 인사하며 말을 걸었다. 노신사가 건네는 말은 그다지 중요한 내용인 것 같지는 않아 보였다. 손짓으로 어디를 가리키는 것으로 봐서 길을 물어보는 것 같았다.

하녀는 달빛에 비친 노신사의 얼굴을 바라보며 미소지었다. 노신사는 고매한 인품과 친절이 온몸에 배어 있었다.

온화한 미소를 띤 노신사의 얼굴에서는 악의라고는 조금도 찾아볼 수 없었다.

하녀는 맞은편에서 오던 사내 쪽으로 눈을 돌렸다. 그녀는 그가 예전에 자신의 주인을 찾아왔던, 첫인상이 매우 불쾌한 사내인 하이드 씨라는 것을 알고는 소스라치게 놀랐다.

하이드는 손에 무거운 지팡이를 들고 만지작거리고 있었다. 그는 한 마디 대꾸도 없이 말을 듣고 있었는데, 금방이라도 폭

발할 것 같은 화를 가까스로 참고 있는 듯 보였다.

그러다가 갑자기 화를 내며 발을 쿵쿵 구르면서 흥분하더니 지팡이를 휘두르기 시작했다. 그는 미친 사람처럼 계속 그렇게 날뛰었다.

노신사는 약간 충격을 받은 듯 놀라서 한 걸음 뒤로 물러섰다. 그러자 하이드는 완전히 이성을 잃은 듯 지팡이로 노신사를 마구 내리쳤다. 하이드의 폭력으로 노신사의 몸이 들썩거렸고 뼈가 으스러지는 소리가 들렸다.

하녀는 그 끔찍한 광경에 놀라 그만 기절하고 말았다.

두 시쯤 되었을까. 하녀는 정신을 차리고 경찰을 불렀다. 살인자는 벌써 멀리 사라진 지 오래였지만 희생자는 골목길에 그대로 나뒹굴고 있었다.

이 끔찍한 살인 도구로 사용된 지팡이는 흔히 보던 게 아니었는데, 미친 듯 잔인하게 내려치는 중에 반으로 부러져서 한 토막이 도랑에 떨어져 있었다. 다른 한 토막은 의심할 것도 없이 살인자가 가지고 간 게 틀림없었다.

희생자에게서는 금시계와 지갑이 발견되었다. 하지만 신분증 같은 것은 없었다. 유일하게 우체국에 부치려던 것으로 보이는 편지가 발견되었다. 그런데 그 봉투에는 어터슨의 주소와 이름이 씌어 있었다.

편지는 다음 날 아침 어터슨 변호사에게 전달되었다. 미처 침대에서 일어나기도 전에 편지를 받아 든 어터슨은 곧바로 편지를 뜯어 보았고, 경관에게서 사건에 대해서 듣게 되었다. 어터슨의 표정이 굳어졌다.

"일단 시체를 보기 전에는 뭐라고 말씀드릴 수가 없습니다. 아주 중대한 사건인 것 같은데 잠시 옷 입을 동안 기다려 주시겠습니까?"

어터슨은 서둘러 옷을 입은 후 시체가 안치되어 있는 경찰서로 향했다.

시체가 놓여 있는 방에 들어서자 어터슨은 고개를 끄덕였다.

"예, 제가 아는 사람입니다. 말하기 괴롭지만 이 사람은 댄버스 캐류 경입니다."

"정말입니까? 세상에 이런 일이……."

놀란 경관은 소리쳤다. 그러더니 말을 이었다.

"아주 떠들썩한 사건이 될 게 분명합니다. 변호사님께서 범인을 체포하는 걸 도와 주시면 고맙겠습니다."

경관은 하녀가 본 것을 어터슨에게 짧게 설명하고 부러진 지팡이를 보여 주었다.

어터슨은 하이드의 이름을 들었을 때 움찔했다. 하지만 앞에 놓인 부러진 지팡이를 본 순간, 범인이 하이드가 아닐지도 모른다고 생각할 수 없었다. 부러져서 너덜너덜해지긴 했지만 그 지팡이는 몇 년 전에 자신이 헨리 지킬에게 선물한 것이란 걸 똑똑히 알 수 있었기 때문이다.

"하녀가 본 하이드 씨가 키가 작은 사람 맞습니까?"

어터슨은 확신하면서도 다시 캐물었다.

"하녀 표현대로 하면 눈에 띄게 작고 사악하게 생겼다고 했습니다."

경관의 말을 듣고 잠시 생각에 잠겨 있던 어터슨이 이윽고 고개를 들었다.

"제가 그의 집을 압니다. 제 마차가 밖에 있는데 같이 가시겠습니까?"

아침 아홉 시쯤 어터슨과 경관은 경찰서를 나섰다.

밖은 겨울 안개가 짙게 드리워지기 시작했는데 바람에 흩어지며 엷어지기도 하고 더욱 자욱해지기도 했다.

느리게 달리는 마차 안에서 어터슨은 희미한 햇빛과 지저분한 안개 때문에 시시각각 달라지는 거리 풍경을 바라보고 있었다. 이 쪽을 보면 저녁놀이 진 다음처럼 어둡고 저 쪽을 보면 이상한 불꽃처럼 붉은 불빛들로 뒤덮여 있었다.

안개는 순간적으로 갈라지기도 했고 바람에 소용돌이치기도 했다. 그리고 그 사이로 잠깐 동안 한 줄기 가는 햇빛이 나타났다 사라지곤 했다.

드디어 희미한 빛과 안개 사이로 진흙이 질척거리는 소호 지역이 나타났다. 행인들은 난잡하고 흐트러진 옷차림이었다. 어떤 가로등은 아직 꺼지지 않은 상태였고, 또 어떤 곳의 가로등은 아침 일찍 꺼졌다가 짙은 안개가 몰고 온 어둠 때문에 다시 켜져 있기도 했다.

마치 악몽과 같은 도시의 모습을 보던 어터슨은 하이드에 대한 생각으로 우울했다.

문제의 집에 마차가 다다랐을 때는 안개가 걷히고 지저분한 거리가 눈앞에 선명하게 드러났다.

진을 파는 술집, 싸구려 프랑스 음식점, 허접쓰레기 같은 잡지나 샐러드를 파는 구멍가게가 눈에 들어오고 누더기 옷을 입은 아이들이 현관 앞에서 밀치락달치락하고 있었다. 이 나라 저 나라에서 온 듯한 여자들이 아침부터 술을 마시려고 거리를 지나고 있었다. 마른 나뭇잎처럼 지치고 우울한 동네에 순식간에 안개가 다시 덮이면서 빈민가가 잠시 가려졌다.

'이곳이 바로 헨리 지킬이 가장 아끼는 사내가 사는 집이다. 25만 파운드의 거액을 상속받게 될 하이드가 이 집에 살고 있다니…….'

어터슨은 도대체 믿기지가 않았다.

문을 두드리자 흰 머리에 창백한 얼굴을 한 노파가 문을 열어 주었다.

노파는 사악한 얼굴을 가식적인 웃음으로 감추고 있었다. 어쨌든 노파는 친절하게 손님을 맞이했다.

"여기가 하이드 씨의 집인가요?"

경관이 물었다.

"예. 하이드 씨의 집인 것은 맞지만 지금은 없습니다. 어젯밤 늦게 들어왔지만 약 한 시간 전에 다시 나갔거든요. 하이드 씨는 늘 그렇게 불규칙한 생활을 하기 때문에 별로 이상할 것도 없지요. 어쨌든 자주 집을 비웁니다. 어제 집에 돌아온 것도 두 달 만이지요."

노파는 억지웃음을 지으며 말했다.

"잘 알았습니다. 하이드 씨의 방을 좀 볼 수 있겠습니까?"

어터슨이 말하자 노파는 곤란하다는 표정을 지었다.

"그렇다면 저와 함께 오신 분이 누구인지 먼저 말씀드려야겠군요. 이분은 런던 경찰국의 뉴커먼 경위라고 합니다."

그러자 노파가 당황한 얼굴로 말했다.

"아! 하이드 씨가 뭔가 사고를 쳤나 보군요. 무슨 일이죠?"

어터슨과 뉴커먼 경위가 눈길을 주고받았다.

"그렇게 말씀하시는 걸 보니 평소에 하이드 씨는 호감을 주
는 사람은 아니었나 보군요."

경위의 말에 어터슨이 거들었다.

"할머니, 이제 이분과 제가 그의 방에 들어가도 되겠지요?"

하이드는 그 집에서 방 두 개를 쓰고 있었다. 노파 외에는
사는 사람이 없었지만 집 안은 품격 있는 고급 가구들로 가득
차 있었다. 장에는 포도주 병이 진열되어 있고 우아한 테이블
보와 그 위에 놓인 은접시가 시선을 끌었다.

어터슨은 벽으로 시선을 돌렸다. 미술에 대해서 아는 게 많
은 지킬이 선물한 것으로 보이는 훌륭한 그림이 벽에 걸려 있
었다. 두껍게 잘 짜인 카펫 색상이 멋졌다.

그렇지만 최근에 급히 들쑤셔 놓은 듯한 흔적이 방 안 곳곳
에 남아 있었다. 주머니를 뒤집어 놓은 옷가지가 바닥에 흩어
져 있었고 서랍도 여기저기 열려 있었다.

벽난로에는 회색 재가 수북이 쌓여 있었는데 서류들을 태운

재가 많았다. 경위는 타다 남은 재 속에서 미처 불길에 타 없어지지 않은 녹색 수표책의 끝 부분을 끄집어 냈다. 지팡이의 나머지 반쪽도 문 뒤에서 찾아 냈다. 경위는 확실한 증거물을 찾았다는 듯 지팡이를 보면서 기뻐했다.

경위는 은행에 가서 하이드의 계좌에 수천 파운드가 입금되어 있다는 것을 확인하고는 아주 만족스러운 표정을 지었다.

"이 정도면 충분합니다. 이제 하이드는 내 손바닥 안에 있습니다. 정말 정신이 없었나 봅니다. 안 그랬다면 부러진 지팡이를 여기 놔두고 가지는 않았을 것입니다. 그리고 수표책도 이렇게 소홀히 취급하지는 않았겠지요. 돈에 목숨 거는 녀석이 분명한데 말이죠. 이제 수배 전단지를 돌리고 은행에 그놈이 나타나기만을 기다리면 됩니다."

하지만 수배 전단지를 만드는 일은 쉽지 않았다. 하이드를 아는 사람이 극히 적었고 사건을 신고한 하녀의 주인도 하이드를 단 두 번 봤을 뿐이기 때문이었다. 하이드는 사진을 찍은 적도 없었고, 하이드를 봤다는 목격자들도 하이드의 생김새에 대해서 서로 다르게 말했다.

하지만 하이드를 봤을 때 말로 표현하지 못할 기괴한 느낌이 들었다는 점에서는 모두가 똑같았다.

하이드의 편지

어터슨은 오후 늦게 지킬의 집을 향했다. 폴은 어터슨을 지킬 박사가 있는 곳으로 안내했다.

둘은 주방 옆으로 난 길을 따라 한때 멋진 정원이었던 뜰을 지나 실험실로 쓰이던 건물로 들어갔다.

지킬 박사는 정원 건너편에 있는 이 건물을 유명한 외과 의사의 아들에게서 샀다. 그런 다음 해부학 연구실이던 건물 내부를 화학 실험실로 바꿔 버렸다.

어터슨 변호사는 지킬의 친구였지만 그동안 한 번도 이곳에 들어와 본 적이 없었다. 어터슨은 지저분하고 창문 하나 없는 건물을 호기심 어린 눈으로 바라보았다. 원형 강의실 안을 지나면서 주위를 둘러보던 어터슨은 이상하게 두려운 마음이 들었다. 한때는 이 강의실도 열정적인 학생들로 넘쳤을 것이다. 실험대 위에는 화학 실험 기구들이 놓여 있었고 바닥에는 포장용 끈이 풀린 나무상자들이 여기저기 나뒹굴고 있었다. 빛이 들어오는 천장의 둥근 창은 안개가 낀 듯 희뿌옇게 변해서 흐릿한 빛만 흘러 들어올 뿐이었다. 강의실 안쪽 끝에는 빨간 벨벳으로 덮인 문이 있었고 강의실 바닥에서 그 문까지는 계단이 놓여 있었다.

마침내 어터슨은 그 문을 지나 지킬 박사의 밀실에 들어갔다.

밀실은 생각보다 컸다. 유리 진열장들이 벽면을 따라 놓여 있고 전신 거울과 사무용 책상 등이 갖춰져 있었다. 지저분한 유리창이 세 곳으로 나 있었는데 그 위에 쇠창살이 쳐져 있었고 밑으로는 막다른 골목이 내려다보였다.

벽난로 안에서는 불이 활활 타오르고 있었고 난로 위 선반에는 불 켜진 등이 하나 얹혀 있었다.

난로 앞에 앉아 있는 지킬 박사는 무척 쇠약해 보였다.

지킬은 손님을 맞기 위해 자리에서 일어나지는 않았다. 하지만 차가워진 손을 내밀어 악수를 청하며 평소와는 다른 목소리로 잘 왔다고 했다.

"소식은 이미 들었겠지?"

폴이 나가자 어터슨이 바로 말을 꺼냈다.

"광장에서 사람들이 그 이야기로 난리더군. 난 응접실에서 들었네."

지킬 박사는 떨면서 말했다.

"한 마디만 하지. 댄버스 캐류 경은 자네와 마찬가지로 내 고객이었어. 확실히 해 두고 싶네. 자네 설마 그 녀석을 숨길 정도로 정신이 나간 건 아니겠지?"

어터슨 변호사가 걱정스러운 얼굴로 물었다.

"어터슨, 내 하나님께 맹세하지. 맹세코 다시는 그 녀석에게 눈길조차 주지 않겠네. 자네에게 내 명예를 걸고 약속하지. 그 녀석은 내가 이 세상을 하직할 때까지 다시는 볼 일이 없을 거야. 다 끝났어. 사실 그 녀석도 내 도움이 더 이상 필요 없네. 자네보다는 내가 그 녀석을 더 잘 알아. 그 녀석은 지금 안전한 곳에 있어. 아주 안전해. 내 말을 믿게. 다시는 나타나지 않을 거야."

어터슨 변호사는 침울한 기분으로 지킬의 말을 들었다. 그런데 한껏 흥분해 있는 지킬의 태도가 마음에 들지 않았다.

"그자에 대해 아주 자신만만하군. 자네를 위해서라도 자네

말대로 되기를 바라네. 하지만 만약 재판이 열리게 되면 자네 이름도 오르내리게 될 거야."

어터슨의 말에 지킬이 대답했다.

"그 녀석에 대해서는 내가 제일 확실히 아네. 누구에게도 말할 수는 없지만 내 판단은 충분히 근거가 있다네. 그건 그렇고, 자네에게 한 가지 조언을 구할 게 있는데……. 편지를 한 장 받았다네. 이것을 경찰에게 보여 주어야 할지 말아야 할지 모르겠군. 어터슨, 차라리 자네에게 맡겨 버리고 싶네. 자네라면 현명하게 판단할 거야. 난 자네를 믿고 있지 않나!"

"자네, 그 편지 때문에 하이드가 잡힐까 봐 걱정이 되나?"

"아니. 하이드가 걱정되는 건 아니야. 그 녀석과 난 아무 상관이 없네. 이것은 나 자신의 명성과 관련된 문제라네. 이 끔찍한 사건에서 난 발을 빼고 싶네."

어터슨은 지킬의 이기적인 태도에 충격을 받았다. 하지만 한편으로는 그 점에 마음이 놓이기도 했다.

"그래. 그 편지를 보여 주게."

편지의 글씨체는 전혀 기울어지지 않게 반듯하게 쓰여 있었다. 편지의 마지막에는 '에드워드 하이드'라고 서명이 되어 있었다.

그동안 은혜를 베풀어 주신 지킬 박사님께 폐를 끼쳐 미안하게 생각합니다.

저는 다른 사람들로부터 벗어나 안전한 장소에 있습니다.

그리고 여기서도 위험하다 싶으면 언제든 도망칠 방법이 마련되어 있으니 걱정하지 마시기 바랍니다.

어터슨 변호사는 편지를 보며 마음을 놓았다. 편지 내용으로 보아 지킬과 하이드는 걱정한 만큼의 사이는 아닌 것 같았기 때문이다. 도리어 자신의 의심이 너무 지나쳤다 싶어서 미안한 생각마저 들었다.

"편지 봉투는 어디 있지?"

"태워 버렸네. 깜빡 잊고 말이야. 그렇지만 편지 봉투에 우체국 소인은 없었어. 사람을 통해서 전달받았거든."

"내가 가져가서 좀더 천천히 생각해 보아도 되겠나?"

"자네에게 맡기겠네. 자네가 잘 알아서 처리해 줄 거라고 믿어. 난 이제 나 자신도 못 믿겠네."

"그래, 잘 생각해 보지."

어터슨은 잠깐 말을 끊었다 입을 열었다.

"한 마디만 더 하지. 자네 유언장에 있는 '사라지거나'라는

문구는 하이드가 집어넣자고 한 건가?"

지킬 박사는 순간적으로 당황한 것처럼 보였다. 하지만 잠시 후 입을 굳게 다문 채 고개를 끄덕였다.

"내 그럴 줄 알았지. 자네를 죽이려고 했던 거야. 정말 구사 일생으로 피했군."

"목숨을 건진 것보다 더 중요한 일이 있네. 중요한 교훈을 얻었지. 어터슨, 정말 중요한 교훈이야!"

심각하게 이야기하던 지킬 박사는 두 손으로 얼굴을 감싸 안았다. 어터슨은 집을 나서면서 폴에게 말을 건넸다.

"폴, 오늘 지킬에게 전달된 편지가 하나 있던데 편지를 가져온 사람이 어떤 모습을 하고 있었지?"

"편지를 가져온 사람은 없었는데요. 우편으로 온 것 외에는 아무것도 없었습니다. 그리고 우편물도 편지는 없고 잡지만 있었습니다."

어터슨은 이 말을 듣자 다시금 불안감이 밀려왔다.

그렇다면 그 편지는 분명히 밀실의 문을 통해 전달된 것이었다. 아니면 밀실 안에서 쓰였을 가능성도 있다.

그렇게 되면 이야기는 완전히 달라진다. 더 심각하게 고려해야 할 문제들이 생기는 것이다.

신문팔이 소년은 쉰 목소리로 길가에서 소리치고 있었다.

"호외요, 호외. 국회의원이 살해되었습니다!"

친구이자 의뢰인이었던 댄버스 캐류 경의 살해 사건에 대한 기사였다. 어터슨은 이 사건으로 인해 자신의 또 다른 벗의 이름이 더럽혀지는 걸 걱정하고 있었다. 어터슨은 이 문제에 더 신중을 기해야겠다고 생각했다.

어터슨은 항상 자기 스스로 모든 문제를 처리해 왔다.

하지만 이번만은 누군가의 충고를 들었으면 하고 간절히 바랐다. '대놓고 물어 볼 수는 없는 일이지만 넌지시 떠볼 수라도 있으면 좋을 텐데 말이야.'

어터슨은 곰곰이 생각했다.

집에 돌아온 어터슨은 자신의 사무 주임인 게스트와 난롯가에 마주 앉았다.

어터슨과 게스트는 지하 창고에서 오래 숙성시킨 좋은 포도주 한 병을 나누고 있었다.

도시는 안개에 잠겨 깊이 잠들어 있었다. 가로등만이 군데군데 붉은 보석을 박아 놓은 듯 깜빡이고 있었다.

낮게 깔린 구름처럼 자욱한 안개가 덮인 길 위로 마차 소리가 거센 바람처럼 들려왔다.

따뜻한 방 안의 포도주는 이미 새콤한 맛이 없어져 있었다. 자줏빛의 술 색깔도 마치 스테인드글라스의 색깔이 오랜 세월이 흐르며 점점 부드러워지듯 차츰 시간이 지남에 따라 옅어졌다.

게스트는 어터슨이 마음 속 이야기를 털어놓을 수 있는 가장 가까운 사람이었다. 자신의 비밀을 본인보다 게스트가 더 잘 지키고 있을 거라고 생각할 정도로 어터슨은 게스트를 믿고 있었다.

게스트는 종종 일 때문에 지킬 박사의 집에 갔기 때문에 풀과도 아는 사이였다. 하이드가 그 집을 잘 알고 있는 것에 대해서 게스트가 금시초문일 것 같지는 않았다.

그렇다면 결론을 이끌어 낼 수 있을지도 몰랐다.

그리고 수수께끼를 푸는 실마리가 될 이 편지를 본다면 필체를 감식하는 데 일가견이 있는 게스트가 뭔가 문제 해결에 도움을 줄 것 같았다.

게다가 사무 주임인 게스트는 의논 상대로도 제격이었다. 성격이 꼼꼼하고 치밀한 그는 편지를 읽는 내내 단 하나의 단서도 놓치지 않을 것이고, 앞으로 어떻게 해야 할지 방향을 잡을 수 있게 해 줄 것이었다.

"댄버스 캐류 경 사건은 애석한 일이야."

어터슨이 말을 꺼냈다.

"예, 그렇습니다. 사람들이 경악하고 있습니다. 범인은 미치광이인 것 같습니다."

"자네가 그 사건에 대해 어떻게 생각하는지 궁금하네. 그 살인자가 쓴 편지가 있어. 도대체 어떻게 해야 좋을지 몰라서 하는 말인데 이 편지는 우리끼리만 알고 있어야 하네. 게스트, 자네가 살인자의 친필을 한번 보게나."

게스트의 눈이 반짝였다. 그는 열심히 편지를 들여다보았다.

"아니! 이건 미치광이의 글씨가 아닙니다. 좀 이상하게 쓰긴 했지만."

"맞아. 아무리 봐도 미친 사람이 쓴 것 같지는 않아."

그때 하인이 쪽지를 들고 들어왔다.

"지킬 박사님에게서 온 건가요?"

게스트가 어터슨에게 물었다.

"눈에 익은 글씨체인데요. 사적인 내용이라도 있습니까?"

"아니, 그냥 저녁 초대라네. 왜, 보고 싶은가?"

"잠깐만 보여 주십시오."

게스트는 두 장의 종이를 나란히 놓고 꼼꼼하게 비교해 보았다. 마침내 다 읽었는지 게스트는 둘 다 돌려주며 말했다.

"아주 재미있는 글씨체군요."

둘 사이에 잠시 침묵이 흘렀고 어터슨은 왠지 불안했다. 마침내 어터슨이 입을 뗐다.

"게스트, 왜 그 둘을 비교했지?"

"예, 닮은 것 같아서요. 글씨체가 여러 가지 면에서 동일합니다. 단지 기울여 쓴 것만 달라요."

"그것 참 이상하군."

"예. 말씀하신 대로 이상합니다."

"이 일은 비밀로 하세."

"네. 알겠습니다."

그날 밤 어터슨은 혼자 남게 되자마자 쪽지를 금고에 넣고 잠갔다. 그 후 그는 쪽지를 금고에서 꺼내지 않았다.

'도대체 어떻게 된 거지? 헨리 지킬이 살인자를 위해서 편지를 위조하다니!'

어터슨은 생각할수록 온몸의 피가 얼어붙는 것 같았다.

래니언 박사의 죽음

범인을 잡지 못한 채 시간이 흘렀다.

댄버스 캐류 경의 죽음은 사회적으로 큰 충격을 몰고 온 사건이었기 때문에 수천 파운드의 현상금이 걸렸다.

하지만 하이드는 마치 존재한 적이 전혀 없었던 것처럼 경찰의 수사망에서 사라져 버렸다.

사실 그의 과거 행적에 대해서는 상당 부분 밝혀졌는데 모두가 흉악한 것들뿐이었다. 그의 폭력적이고 잔인한 성격, 비열한 생활, 그가 어울렸던 기괴한 사람들, 그에게 항상 따라다녔던 증오에 대한 얘기들도 밝혀졌다.

하지만 그가 현재 어디 있는지에 대해서는 털끝만한 단서조차 나오지 않았다. 사건이 있었던 날 아침 소호에 있는 자신의 집을 떠난 이후로 그는 완전히 증발해 버렸다.

시간이 흐름에 따라 어터슨은 극도의 긴장에서 벗어나 차분함을 되찾을 수 있었다. 하이드가 사라져 준 것으로 댄버스 경의 죽음이 충분히 보상되었다고 생각했다.

사악한 영혼이 사라지자 지킬 박사는 새로운 생활을 시작했다. 지킬은 은둔 생활에서 벗어나 친구들과 다시 어울리기 시작했다.

그는 가난하거나 불행한 처지에 있는 사람들을 돕는 자선 사업가로 알려져 있었는데 이제는 종교인으로도 유명했다. 아주 바쁘게 살면서 바깥 활동도 열심히 하고 선행도 많이 베풀었다. 봉사를 많이 해선지 얼굴은 밝게 빛났고 너그러웠다.

두 달 이상 지킬 박사는 그렇게 평화로운 시간을 보냈다.

1월 8일이었다. 어터슨은 지킬의 집에서 친한 친구 몇몇과 어울려 저녁을 먹었다. 래니언도 거기 있었다. 집주인 지킬은 예전에 셋이 절친한 삼총사였던 때로 돌아가 따뜻한 눈길로 어터슨과 래니언을 바라보았다. 하지만 같은 달 12일과 14일 지킬의 집 대문은 굳게 닫혀 있었다.

"주인님께서 집에서 나오시려고 하지 않습니다. 그리고 아무도 안 만나십니다."

지킬을 찾아간 어터슨에게 집사인 폴이 말했다. 15일에 어터슨은 다시 한 번 가 보았지만 또 거절당했다.

지난 두 달간 거의 매일 만나다가 다시 집 안에 틀어박힌 친구 때문에 어터슨은 마음이 무거웠다.

그렇게 지킬을 못 만난 지 닷새가 지난 저녁이었다. 어터슨은 게스트와 함께 저녁을 먹었다.

다음 날 밤에는 래니언을 찾아갔다. 어터슨은 변해 버린 래니언의 모습에 충격을 받았다. 래니언의 얼굴은 내일 모레면 죽는다는 말이 씌어 있는 것처럼 핏기가 없고 파리했다. 몸도 야위어 가시처럼 말라 있었다. 머리카락이 눈에 띄게 많이 빠져 실제보다 훨씬 나이 들어 보였다.

하지만 어터슨을 더욱 놀라게 했던 것은 순식간에 폭삭 삭은 친구의 모습이 아니었다. 그것은 래니언의 눈에 드러난, 마음속에 깊게 새겨져 있는 공포였다.

'그래, 래니언은 의사니까 자신이 얼마 못 살 거라는 걸 알고 있을 거야. 그걸 안다는 게 더 힘들 수도 있어.'

어터슨은 걱정스러운 얼굴로 말했다.

"래니언, 자네 얼굴이 창백한데 무슨 안 좋은 일이라도 있는

가?"

그러자 래니언은 날카로운 말투로 자신이 죽음을 앞두고 있는 건 사실이라고 했다.

"난 큰 충격을 받았어. 결코 그 충격에서 벗어나지 못할 거야. 남은 날이 몇 주 안 될 것이네……. 그동안 즐거운 일도 많았어. 참 좋았지. 그래, 참 좋았어. 때로 난 이런 생각을 하네. 우리가 모든 걸 안다면 이 세상을 떠나는 것이 더 즐거울 거라고."

"지킬도 몸이 안 좋다네. 혹시 그를 만나 보았나?"

지킬의 말을 꺼내자 래니언의 안색이 변했다.

그는 떨리는 손을 저으며 말했다.

"더 이상 지킬을 보거나 그에 대해서 듣고 싶지 않네."

착 가라앉은 래니언의 목소리가 떨리고 있었다.

"이제 그와는 모든 게 끝났네. 이제 죽은 사람이나 마찬가지라고 생각하기로 했네. 이제 지킬에 대해 더 이상 아무 말도 하지 말게."

"왜 그러나……."

어터슨은 말을 잠시 끊었다가 입을 열었다.

"뭐 도와 줄 일이 없을까? 우리 셋은 아주 오래 된 친구이지

않나. 래니언, 새로운 친구를 사귀기에는 우리는 너무 늙었
어."

"난 이제 다 끝났네. 궁금한 게 있으면 지킬에게 물어 보게."

"지킬은 날 만나고 싶어 하지 않아. 몇 번이나 찾아갔지만
매번 거절을 당했거든."

어터슨이 그동안 있었던 일을 전했다.

"그래. 아마 그렇겠지. 어터슨, 언젠가 내가 죽거든 일이 어
떻게 된 것인지 알게 될 것이네. 하지만 지금으로서는 말할 수
없네. 다른 이야기를 하려거든 여기 있어도 좋아. 하지만 그
저주받은 얘기를 계속하려거든 돌아가 주게. 난 도저히 견딜
수가 없네."

집에 돌아오자마자 어터슨은 지킬에게 어떻게 자신을 그렇
게 문전박대할 수 있느냐고 편지를 썼다. 또 래니언과 도대체
무슨 일이 있어서 그렇게 갈라졌는지 물었다. 다음 날 어터슨
은 불길하고 내용을 알 수 없는 답장을 받았다.

난 내 오래된 친구를 탓하지 않겠네.
하지만 래니언이 다시는 안 보는 게 좋다고 한 것에는 나도 동
감이야.

앞으로는 철저하게 틀어박혀서 보내려고 하네.

종종 자네를 문 앞에서 돌려보내더라도 놀라거나 자네에 대한 내 우정을 의심하지 말게. 그냥 내가 침울한 길을 걷도록 내버려 두게나.

지금 밝힐 수는 없지만 난 지금 나 스스로 불러들인 위험과 형벌에 빠져 있네. 난 죄인이면서 동시에 가장 큰 고통을 받고 있는 사람이라네. 사람을 이토록 무기력하게 만드는 공포와 고통이 이 세상에 있다는 것은 상상도 못 했네.

내 앞에 놓여 있는 가혹한 운명의 무게를 덜어 주기 위해 자네가 할 수 있는 일은 하나뿐이네.

어터슨, 그것은 그냥 내가 조용히 있게 내버려 두는 거야.

편지를 읽은 어터슨은 충격에 휩싸였다.

지옥의 사악한 기운이 물러갔을 때, 지킬 박사는 예전의 일상과 우정으로 돌아갔었다. 1주일 전만 해도 지킬은 여러 면에서 존경받으며 노년을 즐겁게 보낼 것처럼 보였다.

그런데 갑자기 우정과 마음의 평정, 인생의 진로 등 모든 게 산산조각이 나 버린 것이다.

어터슨은 전혀 생각지 못한 엄청난 변화를 보며 생각했다.

'혹시 지킬이 미친 건 아닐까.'

하지만 래니언이 했던 말이나 그의 태도로 보면 뭔가 정말 심상치 않은 일이 있는 게 분명했다. 침대에 누운 지 1주일쯤 지났을까.

결국 래니언은 죽고 말았다. 슬픔에 빠져 래니언의 장례식을 치른 다음 날 밤이었다.

어터슨은 사무실의 문을 잠그고 촛불 옆에 앉아 죽은 친구가 남기고 간 편지 봉투를 꺼냈다.

편지 봉투에는 다음과 같이 씌어 있었다.

오직 어터슨만 뜯어 볼 것.

그가 죽었을 경우에는 개봉하지 말고 없애 버릴 것.

어터슨은 안의 내용을 보기가 겁이 났다.

'어제 한 친구를 땅 속에 묻어야 했어. 이 편지를 읽으면 또 다른 친구를 잃게 되는 건 아닐까? 하지만 두려워하는 것은 친구에 대한 믿음을 저버리는 일이야.'

어터슨은 마음을 다잡으며 봉투를 열었다.

그러나 그 안에는 또 다른 봉투가 들어 있었고 거기에는 다음과 같이 적혀 있었다.

지킬 박사가 사라지거나 죽기 전에는 개봉하지 말 것.

어터슨은 자신의 눈을 믿을 수가 없었다. 오래 전에 지킬에게 돌려준 괴상한 유언장에 나왔던 '사라지거나'란 말이 다시 나온 것이다.

'헨리 지킬이란 이름과 사라진다는 말이 또다시 등장하다니! 지킬의 유언장에서 사라진다는 말은 하이드의 간악한 협박에서 나온 게 분명해. 아주 끔찍한 목적을 가지고 그 말을 쓴 거야. 그런데 래니언에 의해 쓰인 이 문서에서는 도대체 그게 무얼 가리키는 것이란 말인가?'

어터슨은 봉투에 씌어 있는 내용을 어기고 편지를 뜯어 읽고 싶었다. 하지만 변호사로서의 명예와 죽은 친구에 대한 신뢰 때문에 차마 그럴 수 없었다.

어터슨은 봉투를 금고에 깊숙이 집어넣었다. 그날 이후로 어터슨은 예전과 달리 지킬과 만나는 걸 그리 간절히 바라지 않았다.

지킬의 집을 찾아가기는 했지만 못 만난다는 지킬의 거절의 말에 오히려 마음이 놓였다.

어터슨은 스스로 만든 감옥 같은 집에 들어가 세상과 인연을 끊고 사는 은둔자와 얘기하느니, 차라리 그 집 문간에서 폴과 얘기하는 것이 더 편했다.

사실 폴도 즐거운 소식을 가지고 있지는 않았다. 지킬은 간혹 모습을 보이긴 하지만 이전보다 더 밀실 같은 실험실에 틀어박혀 있으며 때로는 그곳에서 잠을 자기도 한다고 했다.

그는 정신이 나간 것처럼 보이며, 조용히 있더라도 책을 읽고 있는 건 아니라고 했다.

폴은 지킬 박사가 뭔가 골똘히 궁리하고 있는 것 같다고 말했다. 어터슨은 폴이 하는 매번 똑같은 말에 익숙해졌다.

그럴수록 지킬의 집을 찾아가는 일도 점점 뜸해졌다.

창가에서

어느 일요일이었다.

어터슨은 매주 그랬듯 인필드와 산책을 하고 있었다. 그들은 런던 뒷골목의 길을 걷다가 또다시 그 문 앞에서 발걸음을 멈추었다.

"이제 그 이야기는 다 끝난 셈이군요. 이제 더 이상 하이드를 볼 일이 없게 됐으니까요."

인필드가 먼저 말을 꺼냈다.

"그랬으면 좋겠군. 내가 하이드를 한 번 봤다고 말했던가? 나도 똑같은 반감을 느꼈다네."

"그를 보고서도 반감을 느끼지 않는다는 건 불가능하죠. 그

나저나 이 집이 바로 지킬 박사의 집으로 이어지는 뒷문이란 걸 그때는 제가 몰랐어요. 바보 같죠? 다 선생님 덕분에 알게 되었어요."

"아, 결국 알아 냈군. 그렇다면 저 막다른 길로 들어가서 한번 창문을 올려다볼까? 사실 난 불쌍한 지킬 때문에 마음이 편치 않다네. 안에는 못 들어가지만 그래도 친구인 내가 여기 있다는 생각을 하면 지킬이 조금 더 힘이 나지 않을까 하는 생각도 들고 말이야……."

막다른 길로 접어들자 춥고 습기가 차 있어서 눅눅했다.

머리 위로 하늘이 높이 보였고 골목은 이제 막 찾아드는 저녁놀로 붉게 물들어 있었다.

창문 세 개 중 가운데 창문이 절반쯤 열려 있었다. 유일하게 열린 그 창문으로 불행한 죄수 같은 지킬의 모습이 보였다.

"지킬! 좀 나아진 건가?"

"아니. 아직 안 좋네, 어터슨."

지킬이 힘없이 대답했다.

"아주 안 좋아. 그렇지만 그리 오래 가지는 않을 거야. 고맙네."

"자네, 집 안에 너무 오래 있었어. 참, 이 쪽은 내 조카 인필드라고 하네. 인필드, 지킬 박사시네."

어터슨은 지킬에게 인필드를 소개했다.

"인필드나 나처럼 자네도 밖으로 나와
서 산책을 하게나. 아니, 지금 당장 나와
우리랑 같이 잠깐이라도 산책을 하지 않
겠나?"

"말이라도 고맙네."

지킬이 한숨을 내쉬더니 덧붙였다.

"나도 정말 그러고 싶어. 하지만 안 돼.
그건 정말 못 하겠네. 불가능해. 하지만
어터슨, 이렇게라도 자네를 보게 돼서 정
말 기쁘네. 정말 좋구면. 자네와 인필드
를 들어오라고 하고 싶지만 집 안이 누추
해서 ……."

"그럼 이렇게라도 자네와 얘기하지. 이
렇게 밑에서나마 자네와 얘기할 수 있으
니 정말 좋구면."

어터슨은 지킬에게 용기를 주려는 듯
말했다.

"고맙네. 안 그래도 그 말을 할까 말까 망설이고 있었는데."

지킬은 미소지으며 말했지만 그 말을 끝내는 것조차 힘든 것 같았다. 미소짓던 얼굴이 일그러지며 절망적인 공포가 스치고 지나갔다.

밑에 있던 두 사람은 등골이 오싹해졌다.

그 순간 창문이 갑자기 닫혔고 그들은 더 이상 지킬의 얼굴을 볼 수 없었다.

어터슨과 인필드는 발길을 돌려 막다른 골목길을 빠져 나왔다. 뒷골목을 가로질러 큰길에 이를 때까지도 그들은 아무 말이 없었다.

큰길로 나와서야 어터슨은 고개를 돌려 인필드를 쳐다보았다. 인필드의 얼굴은 공포로 새파랗게 질려 있었다.

"하나님, 제발 그를 구해 주소서."

어터슨이 안타까운 마음으로 중얼거렸다.

하지만 인필드는 고개를 숙인 채 아무 말 없이 길을 걷기만 했다.

어터슨을 찾아온 폴

그 일이 있은 후 어느 날 저녁이었다.

어터슨은 식사를 한 후 벽난로 가에 앉아 명상에 잠겨 있었다. 그런데 전혀 뜻밖에도 폴이 찾아왔다.

"폴, 무슨 일인가? 안 좋은 일은 아니겠지? 지킬 박사가 아프기라도 하나?"

어터슨은 폴을 보자마자 질문을 퍼부었다.

"선생님, 문제가 생겼습니다."

"좀 앉게나. 자, 여기 포도주가 있네. 들면서 숨 좀 돌리게."

폴은 포도주는 거들떠보지도 않고 말을 이었다.

"지킬 박사님이 어떤 분이신지 잘 아시지요? 종종 골방에 틀

어박혀서 지내신다는 것도 아시고요. 박사님께서 다시 골방에 들어가셨어요. 전 정말 그게 싫습니다. 어터슨 선생님, 저는 무섭고 두려워 견딜 수가 없습니다."

"어허, 진정하게나. 조금 더 자세히 말해 보게. 도대체 뭐가 무섭고 두렵다는 건가? 전에도 종종 골방에 틀어박혀 있곤 했는데 지금 와서 그게 뭐 그리 큰 문제가 되지?"

"1주일 동안 너무 두려웠어요."

폴은 어터슨의 질문에 대답은 하지 않고 두렵다는 말만 계속했다. 폴은 공포에 질려 몸을 부르르 떨었고 안절부절못했다.

"더 이상 참을 수 없어요."

"진정하게. 분명 무슨 일이 있는 것 같은데 그게 뭔지 천천히 말해 보게."

"범죄가 있었던 것 같습니다."

폴이 쉰 목소리로 말했다.

"범죄! 범죄라니? 도대체 무슨 일이 있었단 말인가?"

어터슨은 깜짝 놀라 초조하게 물었다.

"차마 말 못 하겠습니다, 선생님. 저와 함께 가셔서 직접 보시죠."

어터슨은 아무 말 없이 일어서서 모자와 외투를 조용히 집어

들었다.

폴은 그제야 마음이 좀 놓이는지 얼굴이 밝아졌다.

춥고 바람 부는 3월의 밤이었다.

푸르스름한 그 달은 바람이 흔들어 놓은 듯 하늘에 아슬아슬하게 걸려 있고 헝클어진 구름이 달 주위를 난파선처럼 떠돌고 있었다. 바람 때문에 말소리가 잘 안 들렸고 얼굴은 붉게 상기되었다.

거리에는 지나가는 사람이 하나도 없었다.

'런던의 이 길이 이렇게 황량한 걸 본 적이 없는데. 아니야, 정말 이건 아니야.'

어터슨의 머릿속에서는 자꾸 불길한 생각이 떠올랐다.

자꾸 털어 버리려 해도 뭔가 재앙이 올 것 같은 예감을 떨쳐버릴 수 없었다.

광장에는 강한 바람에 먼지가 휘날리고 있었고 연약한 나뭇가지들은 바람에 휘청거렸다.

가는 길 내내 한두 걸음 앞장서 걷던 폴이 길 중간에 멈춰 섰다. 그러더니 모자를 벗고 손수건으로 땀을 닦았다. 그건 더워서 나는 땀이 아니었다.

숨 막히는 긴장에서 비롯된 땀이었다.

폴이 창백한 얼굴로 말했다.

"선생님, 다 왔습니다. 하느님, 부디 아무 일 없게 해 주소서."

"아무 일 없게 해 주소서, 아멘."

어터슨도 같이 기도했다.

폴이 조심스레 문을 두드리자, 안으로 걸쇠가 걸린 채로 문이 조금 열렸다.

"폴이세요?"

"그래. 어서 문을 열게."

안으로 들어가자 홀 안은 불이 밝혀져 있었다.

벽난로가 타오르고 있었고 그 주위로는 하인들이 남녀 할 것 없이 모여 있었다. 마치 양 떼처럼 모두 모여서 떨고 있었다.

요리사인 하녀는 어터슨을 보자 참았던 울음을 터뜨렸고 마치 안길 듯이 달려들었다.

"어터슨 선생님이 오셨군요. 하느님, 감사합니다."

"아니 지금 일 안 하고 여기서 뭐 해? 왜 이렇게 넋 놓고 모여 있지? 박사님이 보시면 뭐라고 하시겠어?"

어터슨 변호사는 꾸짖듯이 말했다.

"다들 두려워서 이러는 겁니다, 선생님."

폴이 대신 대답했다. 잠시 정적이 흘렀다. 아무도 말하는 사람이 없었다. 요리사만이 큰 소리로 엉엉 울어 댔다.

"조용히 좀 해요!"

신경이 날카로워져 있던 폴이 따끔하게 그녀를 나무랐다. 하인들 모두 두려워하는 표정으로 안쪽 문을 바라보았다.

"촛불을 가져오너라. 이제 문제를 해결하러 가야지."

폴이 주방 일을 돕는 아이에게 말했다.

촛불을 받아 든 폴은 손을 내밀어 어터슨에게 같이 가자고 청했다.

그들은 실험실이 있는 뒤뜰로 향했다.

"아무 소리도 내지 말고 따라오십시오. 여기 계시다는 걸 눈치 채지 못하게 조심하시고 그냥 어떤 소리인지 한번 들어 보세요. 그런 일은 없겠지만 만약 들어오시라고 하더라도 절대 들어가지 마시고요."

실험실에 있는 사람은 누구일까?

어터슨은 들키지 않게 잠입해야 한다는 말에 너무 긴장해서 하마터면 넘어질 뻔했다.

그는 다시 마음을 가다듬고 용기를 내어 폴을 따라 실험실 건물로 들어갔다.

나무토막이며 빈 상자와 병들이 어수선하게 널려 있는 원형 강의실을 거쳐 계단 아래에 이르렀다.

폴은 그곳에서 가만히 들어 보라고 손짓을 하고는 촛불을 아래에 내려놓고 크게 심호흡을 했다. 그러더니 계단을 올라가 잠시 망설이고는 밀실 문을 두드렸다.

"박사님, 어터슨 씨가 찾아오셨습니다."

이미 어터슨에게 일러 두었는데도 폴은 다시 한 번 귀 기울여 들어 보라고 손짓을 보냈다. 안에서 목소리가 들려왔다.

"어터슨에게 난 아무도 만날 수 없다고 말해 두게."

짜증이 섞인 목소리였다.

"알았습니다, 박사님."

계획대로 되었다는 듯 만족한 목소리로 폴이 말했다. 그는 촛불을 들고 어터슨과 함께 뒤뜰을 지나 부엌으로 돌아왔다.

부엌엔 불이 꺼져 있었고 바닥에는 딱정벌레들이 파닥거리고 있었다.

"선생님, 조금 전에 들은 게 저희 주인님의 목소리였습니까?"

어터슨을 바라보며 폴이 물었다.

"많이 달라진 것 같았네."

어터슨 변호사는 창백해진 얼굴로 폴을 바라보며 대답했다.

"달라졌지요? 선생님도 그렇게 생각하시지요? 저도 그렇게 생각합니다. 제가 주인어른을 모신 지 벌써 20년이 되었습니다. 그런 제가 주인님의 목소리를 분간하지 못하겠습니까? 저건 주인님의 목소리가 아닙니다. 주인님은 화를 당하신 게 분명합니다."

폴은 확신에 찬 목소리로 말을 이었다.

"여드레 전이었어요. 저는 주인님이 하느님을 부르며 울부짖는 소리를 들었어요. 그날 일을 당한 겁니다. 살해되신 게 분명합니다. 그렇다면 안에 주인님 대신 있는 사람은 누구일까요? 그리고 왜 거기 있는 것일까요? 어터슨 선생님, 거기서 괴로워하며 비명을 지르는 게 도대체 누구일까요?"

"아주 이상한 일이야, 폴. 차라리 괴이하다고 해야 맞겠군. 자네 추측대로 지킬이 살해당했다고 한다면 왜 살인범이 그 안에 계속 머물러 있겠나. 그게 너무 이상해. 말도 안 되지 않나."

어터슨이 손가락을 깨물며 말했다.

"어터슨 선생님, 제 말을 못 믿으시는군요. 그럼 차근차근 말씀드리죠."

폴은 그동안 있었던 일을 털어놓기 시작했다.

"저 밀실 안에 있는 자가 누구인지 모르지만, 지난 주 내내 그 사람은 밤낮을 가리지 않고 약을 사 오라고 했습니다. 약품 이름을 종이에 써서 계단에 던져 놓았습니다. 하지만 원하는 약을 얻지 못했어요. 물론 박사님도 때때로 종이에 적어서 계단에 던져 놓고는 했었지요. 하여튼 지난 주 내내 종이쪽지와 굳게 닫힌 문 외에는 아무것도 볼 수 없었어요. 하인들이 날라

다 놓은 음식은 아무도 보지 않을 때 갖고 들어갔습니다."

"그런 일이 있었군."

어터슨은 아직 궁금한 게 많다는 얼굴로 폴을 쳐다보았다.

"매일, 아니 하루에도 두서너 번씩 계단 위에 종이쪽지만 놓여 있었습니다. 저는 종이쪽지를 들고 도시에 있는 약품 도매상을 뒤져 약품을 사 와야 했습니다. 하지만 매번 내가 구해 온 약품이 주문했던 약품과 다르다면서 다른 걸 사오라고 했습니다. 그 약품을 어디에 쓸지는 모르지만 애타게 찾고 있는 건 분명합니다."

곰곰이 생각에 잠겨 있던 어터슨이 물었다.

"그 종이를 지금 가지고 있나?"

폴은 주머니에 손을 넣어 꾸깃꾸깃한 메모지를 꺼내 주었다.

어터슨은 쪽지를 촛불 옆으로 가져가 세심하게 읽어 내려갔다.

모우 상회 귀하

수고가 많으십니다.

지난번에 구입한 약품은 불순물이 섞여 있어서 제가 현재 하고 있는 실험에는 쓸 수가 없습니다.

18XX년에 저는 모우 상회에서 대량으로 약품을 구입한 적이 있

는데, 그 제품이 있는지 확인해 주시고 발견하시는 대로 집사 편에 보내 주십시오. 값은 얼마라도 지불하겠습니다.

그 약품이 얼마나 중요한지는 말로 다 할 수 없습니다.

여기까지는 차분한 글씨체로 씌어 있었다. 하지만 다음 대목에서 갑자기 펜을 휘갈겨 쓴 흔적이 보였다. 글을 쓰다가 감정을 주체할 수 없었던 것 같았다.

조금이라도 제발 부탁입니다.

꼭 그 제품이어야 합니다.

"이상한 메모군. 폴, 그런데 왜 봉투가 찢어져 있지?"

어터슨이 예리하게 물었다.

"상점에서 일하던 사람이 화를 내면서 이 편지를 제게 쓰레기처럼 집어 던졌습니다."

"폴, 이건 분명 지킬 박사의 글씨야. 알아보겠나?"

"비슷하다고는 생각했습니다."

약간 뚱해진 얼굴로 폴이 대답했다. 그러더니 덧붙였다.

"하지만 필적은 문제가 되지 않습니다. 글씨야 맘만 먹으면 얼마든지 흉내낼 수 있으니까요. 선생님, 제가 그자를 보았습니다."

"그자를 보았다고? 어떻게 보았지?"

"그게 말이죠, 이렇게 된 겁니다. 제가 정원에서 원형 강의실로 갑자기 들어섰지요. 밀실 문이 열려 있었던 것으로 봐서 그자가 약품인지 뭔지를 보려고 슬그머니 밖에 나왔던 것 같습니다. 그자는 강의실 안쪽에서 나무상자를 뒤지고 있었어요. 내가 강의실에 들어선 걸 보고는 그자가 괴성을 질렀습니다. 그러고는 계단을 막 올라가 밀실 안으로 사라졌습니다. 아주 잠깐 동안 본 것이었지만 머리카락이 쭈뼛쭈뼛 곤두설 정도로 소름이 돋았습니다. 선생님, 만약 그게 주인님이었다면 왜 얼굴에 마스크를 하고 있었겠습니까? 고양이처럼 괴성을 지른 것도 말이 안 되고요. 제게서 도망칠 이유도 없지 않습니까? 제가 주인님을 한두 해 모신 것도 아닌데……."

폴은 괴로운 듯 손으로 얼굴을 감싸 안았다.

"정말 이상한 일들뿐이군. 하지만 이제 조금씩 실마리가 잡혀 가는 것 같아. 폴, 자네 주인님은 지금 아주 괴롭고 몸이 뒤틀리는 악질적인 병에 걸려서 고생하고 있는 거야. 목소리가 이상하게 돼 버린 것도 마스크를 쓰고 사람들을 피하는 것도

다 그 때문이겠지. 병을 고쳐 보겠다고 필사적으로 약을 찾고 있는 거야. 그 약이면 완치될 수 있다는 희망을 갖고서 말이지. 하느님, 그 약이 효과가 있기를 기원합니다. 자, 이게 내 생각이야. 폴, 슬프고 생각하기도 끔찍하지만 이렇게 생각하

면 모든 것이 다 맞아떨어지네. 그러니 너무 놀라거나 두려워
하지 말게나."

"선생님, 그자는 주인님이 아니었습니다."

폴은 어둡고 창백한 표정으로 말했다.

"사실을 말씀드리죠. 주인님은……."

폴은 한번 주위를 둘러보고는 속삭이기 시작했다.

"키가 크고 체격이 좋지 않습니까. 하지만 그자는 난쟁이 같
았어요."

어터슨이 다른 이야기를 꺼내려 하자 폴은 손을 내저었다.

"잠깐만요, 선생님. 제가 20년을 모셨는데 주인님을 모를 것
같습니까? 매일 아침이면 주인님께서 밀실 문에 서 계신 걸 보
았는데 주인님의 머리가 문 어디쯤에 온다는 걸 제가 모르겠
습니까? 절대 아닙니다. 마스크를 쓴 그자는 주인님이 아닙니
다. 누군지는 모르겠지만 주인님은 절대 아닙니다. 그래서 전
살인 사건이 있었다고 믿게 된 겁니다."

"폴, 정 그렇다면 내가 직접 확인해 보는 수밖에 없겠군. 자
네 주인님의 감정을 상하게 하고 싶지 않고, 지킬이 아직 살아
있다는 증거인 이 메모를 봐서도 안 그러려고 했지만 말이야.
내가 저 문 안으로 들어가 확인해 보겠네."

"선생님, 바로 그겁니다."

폴은 기다렸다는 듯 소리쳤다.

"그러면 이 문을 부숴야 할 텐데 누가 부수지?"

"선생님과 제가 해야죠."

폴은 주저없이 대답했다.

"폴, 이번 일로 해서 자네에게는 아무런 문제가 생기지 않도록 하겠네. 내가 전적으로 책임질 테니 자네는 걱정 말게."

"원형 강의실 안에 도끼가 있습니다. 선생님께서는 불쏘시개를 가지고 가시죠."

어터슨 변호사는 위협적이고 꽤 무거운 불쏘시개를 들었다.

"폴, 자네와 나는 어떤 위험한 상황에 처할 수도 있어."

"예. 그럴 수도 있겠지요."

"좋아. 그럼 다시 한 번 묻겠네. 자네가 본 그 남자가 누구일 거라고 생각하나?"

"글쎄요. 너무 순식간에 일어난 일이라서. 게다가 그자가 몸을 잔뜩 굽히고 있었기에 알아보기 어려웠습니다. 하지만 그자가 하이드인지 물어 보는 거라면…… 예, 그자였던 것 같습니다. 거의 몸집이 비슷했어요. 재빨리 걷는 것도 똑같았고요. 그리고 그자가 아니면 누가 문을 열고 실험실을 들락거릴 수 있겠습니까? 아시다시피 댄버스 캐류 경이 죽었을 때에도 하이드는 열쇠를 가지고 있었습니다. 하지만 그것만 가지고 이렇게 생각하는 건 아닙니다. 혹시 선생님께서도 하이드를 만나 본 적이 있으십니까?"

"그렇다네. 그와 한 번 말한 적이 있지."

"그렇다면 우리들과 마찬가지로 선생님께서도 그자가 오싹 소름이 돋게 한다는 걸 아시겠군요. 선생님께서도 간담이 서늘해지는 걸 느끼신 것이지요?"

"자네가 뭘 말하려는지 아네. 나도 그렇게 느꼈어."

"바로 그겁니다, 선생님. 그자가 약품들 사이를 마치 원숭이처럼 훌쩍 뛰어서는 밀실 문 안으로 쏜살같이 사라졌다는 겁니다. 등골이 오싹했어요. 아, 압니다. 그게 증거가 될 수는 없겠지요. 어터슨 선생님, 저도 그 정도는 압니다. 하지만 사람에겐 느낌이란 게 있습니다. 맹세하건대 그자는 분명 하이드 씨였습니다!"

"알겠네. 내가 두려워하는 것도 바로 그 점이네. 악과 하이드가 항상 함께 있는 거야. 둘은 떼려야 뗄 수 없는 관계가 있는 듯하네. 나도 자네처럼 불쌍한 헨리가 죽음을 당했다고 믿네. 이유야 알 수 없지만 지킬을 죽인 자가 아직 저 밀실에서 숨어 있다고 생각해. 자, 이제 저 안으로 들어가서 당장 복수를 하세. 브래드쇼를 부르게."

마부 브래드쇼가 불려왔다. 브래드쇼는 공포에 질린 얼굴로 벌벌 떨고 있었다.

"브래드쇼, 정신 바짝 차리게. 자네들이 굉장히 두려워하고 있다는 걸 알아. 하지만 이번 일만 끝나면 어찌 된 일인지 모두 알게 될 거야. 여기 폴과 내가 밀실로 들어가겠네. 범인이 뒷문으로 도망치지 못하도록 자네는 몽둥이를 들고 뒤쪽으로 돌아가서 길목을 단단히 지키게. 10분의 시간을 줄 테니 어서 준비해서 길목으로 가 있게."

브래드쇼가 떠나자 어터슨은 시계를 봤다.

"자, 폴. 우리도 가세."

어터슨은 손에 불쏘시개를 쥐고는 뒤뜰로 향했다.

달이 지나가는 구름에 가려 사방이 더욱 깜깜해졌다.

건물 사이로 휘몰아치는 바람 때문에 그들이 원형 강의실에 들어갈 때까지 촛불이 이리저리 흔들렸다.

두 사람은 계단 밑에 앉아서 강의실에서 나는 소리에 귀를 기울였다. 낮게 깔리는 도시의 소음이 들려오긴 했지만 밀실 안에서 왔다갔다하는 발걸음 소리를 또렷이 들을 수 있었다.

폴이 어터슨에게 낮게 속삭였다.

"저자는 저렇게 하루 종일 왔다갔다합니다. 밤에도 저러죠. 약국에서 새 약품이 도착할 때만 잠깐 그칩니다. 죄를 짓고는 발뻗고 못 잔다고, 편안할 수가 없는 거죠. 저자의 발소리에서 피가 뚝뚝 떨어지는 것 같지 않습니까? 좀더 귀 기울여서 저 소리를 들어 보세요. 선생님, 저게 지킬 박사님의 발소리입니까?"

그 이상한 발소리는 규칙적으로 천천히 가볍게 걷고 있는 것처럼 들렸다. 헨리 지킬의 무게 있는 발소리와는 달랐다.

어터슨은 한숨을 내쉬더니 물었다.

"그 밖에 또다른 이상한 점은 없었나?"

"한번은 우는 소리를 들었습니다."

"울어? 어떻게 울던가?"

어터슨은 소스라치게 놀란 얼굴로 물었다.

"저주받은 영혼처럼 울부짖었습니다. 듣는 사람의 마음까지 서글퍼지고 서러워지는 울음소리였습니다. 그 소리를 듣고 저도 울 뻔했지요."

하이드의 죽음

이야기를 주고받는 동안 약속했던 10분이 거의 다 되어 가고 있었다.

폴은 포장 상자 더미가 있는 데서 도끼를 꺼내들었다. 실험대 위에 촛불을 올려놓아 밀실로 들어가는 길이 잘 보이게 했다.

두 사람은 숨을 죽이고 살금살금 계단을 올라갔다.

실험실에서는 발소리가 적막을 깨며 계속 들리고 있었다.

"지킬! 자넬 봐야겠네."

어터슨이 소리쳤지만 안에서는 대답이 없었다.

"자네를 그렇게 내버려 둘 수가 없어. 다들 어떻게 된 일인지 궁금해 하네. 자네를 만나야만 하겠네. 순순히 응하지 않으면 억지로라도 만나야겠네. 자네가 문을 열어 주지 않으면 부수고 들어갈 거야!"

안에서 목소리가 들렸다.

"어터슨, 제발 그러면 안 돼."

"아, 이건 지킬의 목소리가 아니야. 하이드의 목소리야. 폴, 문을 때려 부숴!"

어터슨이 소리쳤다.

폴이 도끼를 어깨 위로 휙 쳐들었다가 건물이 흔들릴 정도로 세게 문을 내려쳤다. 하지만 붉은 융단으로 덮인 문은 조금 흔들릴 뿐이었다.

짐승의 울부짖음 같은 절망적인 비명 소리가 밀실에서 울려 나왔다.

다시 한 번 도끼를 힘껏 들어 내려치자 문이 조금 깨지고 문틀에 약간 금이 갔다. 네 번을 내려쳤지만 단단한 나무로 견고하게 만들어진 문은 열리지 않았다. 다섯 번째 내려칠 때에야 자물쇠가 쩍 부서지며 문이 밀실 안쪽 카펫 위로 무너졌다. 어터슨과 폴은 문이 깨지는 소리에 놀라 뒤로 물러나 안을 엿보았다.

밀실 안에는 등불이 환하게 켜져 있고 벽난로 위에서는 물주

전자가 쉬익쉬익 소리를 내며 끓고 있었다. 서랍이 한두 개 열려 있고 서류들이 책상 위에 가지런히 정돈되어 있었다. 벽난로 주변에는 차를 마시는 데 필요한 도구들이 보였다. 약품들이 가득한 약장만 없었다면, 런던 어디에서나 흔히 볼 수 있는 그런 조용한 방이었다.

그런데 방 한가운데에는 심하게 뒤틀린 남자가 아직 꿈틀거리며 쓰러져 있었다.

어터슨과 폴은 발끝으로 살금살금 다가가 엎어진 몸을 뒤집어 보았다.

분명 에드워드 하이드의 얼굴이었다. 그는 자기 몸에는 너무 큰, 지킬 박사의 몸에나 맞을 것 같은 옷을 입고 있었다. 얼굴의 근육이 마치 살아 있는 사람처럼 아직 움직이고 있었지만 목숨은 완전히 끊어진 후였다. 그의 손에는 깨진 약병이 쥐어져 있었고 독한 화학 약품 냄새가 방 안을 가득 채우고 있었다. 하이드는 자살한 게 틀림없었다.

"한 발 늦었군. 살려 주든 벌을 주든 좀더 일찍 왔어야 했는데. 하이드가 스스로 목숨을 끊기 전에 말이야. 이제 우리에게 남은 일은 자네 주인의 시체를 찾는 일이야."

그 건물의 대부분은 원형 강의실이 차지하고 있었다.

밀실은 위층에 있었는데 막다른 골목길 쪽을 향해 있었다. 밀실에는 좁은 길 쪽으로 나 있는 문으로 가는 복도가 있었다. 밀실은 또 다른 계단을 거쳐서 바깥으로 향할 수 있게 되어 있었다.

그 외에도 몇 개의 어두운 옷장이 있었고 널찍한 지하실이 있었다. 어터슨과 폴은 모든 장소를 샅샅이 살폈다.

옷장은 그냥 한번 훑어보면 됐다. 전부 다 비어 있었고, 문을 열 때 떨어지는 먼지를 보면 오랫동안 아무도 열지 않았다는 걸 알 수 있었다. 대부분이 이전에 살았던 외과 의사가 남겨 놓은 것들이었다.

지하실 문을 열자 입구에 쳐져 있던 거미줄이 풀썩 내려앉았다. 지하실도 오랫동안 사용하지 않았다는 걸 알 수 있었다.

건물 그 어디에서도 지킬이 살았는지 죽었는지 확인할 수 있는 단서를 찾을 수 없었다.

폴은 복도의 돌바닥에 귀를 기울였다.

"주인님이 여기 묻히신 것이 분명합니다."

"아니면 도망쳤을 수도 있어."

어터슨은 그렇게 말하고 좁은 길로 향하는 문을 확인하기 위해 갔다.

문은 잠겨 있었고 깃발들이 옆으로 걸려 있었다. 열쇠를 찾을 수 있었지만 벌써 녹이 많이 슬어 있었다.

"폴, 이 열쇠는 오랫동안 안 쓴 것 같은데."

"안 썼다고요? 부러져 있지 않습니까? 누가 일부러 짓밟아서 부러뜨린 것 같은데요."

"정말 그렇군. 자세히 보니 부서진 조각들도 모두 다 녹슬어 있군."

두 사람은 서로를 뚫어지게 쳐다봤다.

"어찌 된 일인지 잘 모르겠군. 폴, 밀실로 일단 돌아가 보세."

그들은 아무 말 없이 계단을 올라갔다.

그들은 혐오스러운 시체를 흘끔흘끔 쳐다보면서 밀실에 있는 모든 것을 살피기 시작했다.

한 실험대 위에는 화학 실험을 한 흔적이 남아 있었다.

유리 기구에는 하얀 가루가 담겨 있었다. 실험을 하다가 중간에 그만둔 것처럼 어지럽게 널려 있었다.

"선생님, 바로 저 흰색 가루가 제가 사 나른 제품입니다."

벽난로에 있던 물주전자가 끓으며 요란한 소리를 냈다.

그들은 물주전자 소리를 들으며 벽난로 있는 데로 갔다.

거기에는 안락의자가 있었고 팔을 뻗으면 닿을 곳에 차 마시는 도구들이 있었다.

찻잔에는 설탕까지 들어 있었다.

바로 옆 선반에는 책들이 몇 권 있었는데 그중 한 권은 찻잔 옆에 펼쳐져 있었다. 그것은 종교에 관한 책이었다.

밀실 수색은 계속 이어졌다. 두 사람은 커다란 전신 거울 앞으로 갔다. 그들은 몰려드는 공포를 느끼며 거울을 들여다보았다.

손을 대자 거울이 조금 뒤로 젖혀지며 붉은 빛이 아른거리는 천장을 비췄다. 그러다가 벽난로의 불꽃이 수백 가지 모양으로 반사되며 넘실대는 화학 약품 장과 공포에 찬 그들의 얼굴을 비추었다.

"이 거울은 그동안 이상한 광경을 다 지켜보았겠군요."

폴이 작은 목소리로 속삭였다.

"이 거울이 정말 이상하단 말이야. 도대체 뭘 위해서 전신 거울을 여기 두었을까?"

어터슨은 이해할 수 없다는 듯이 말했다.

"그러게 말입니다."

그들은 사무용 책상으로 향했다.

책상 위에는 서류들이 잘 정돈되어 있었고 맨 위에는 큰 봉투가 놓여 있었다. 봉투에는 지킬의 필적으로 어터슨의 이름이 씌어 있었다. 어터슨은 봉투를 뜯었다. 봉투 속에 있던 몇 개의 내용물이 마룻바닥에 떨어졌다.

첫 번째 것은 유언장이었다. 6개월 전에 어터슨이 돌려보낸 것과 똑같이 자신이 죽거나 사라졌을 경우 재산을 넘겨준다는 내용이었다.

그런데 달라진 게 있었다. 놀랍게도 에드워드 하이드의 이름이 있던 자리에 가브리엘 존 어터슨의 이름이 적혀 있었다.

어터슨과 폴은 서류를 번갈아 바라보았다.

그러다가 양탄자 위에 쓰러져 있는 죽은 범인에게로 눈길을 돌렸다.

"정말 이해가 안 되는군. 하이드가 이 문서를 며칠 동안 가지고 있었고, 자신의 이름이 내 이름으로 바뀐 걸 보고 화가 났을 텐데 왜 이것을 없애 버리지 않았지?"

어터슨은 다음 서류를 들었다.

짧은 메모였는데 지킬의 글씨체였고 위쪽에 날짜가 기록되어 있었다.

"오, 폴! 이것 좀 보게!"

어터슨이 외쳤다.

"지킬은 오늘 여기 살아 있었어. 그렇게 짧은 시간에 살해당하고 매장되었을 리가 없어. 아마 지금도 어딘가 살아 있을 거야. 분명히 도망친 거야! 근데 왜 도망쳤을까? 그리고 어떻게 도망친 거지? 만약 그렇다면 하이드가 죽은 것이 자살이라고 발표해도 되는 걸까? 오, 신중히 처리해야겠어. 섣부르게 일을 처리했다간 자네 주인에게 무서운 재앙이 닥칠지도 모르니까."

"무슨 내용인가요? 좀 읽어 주세요, 선생님."

폴이 부탁했다.

"두려워서 읽을 용기가 나지 않네."

어터슨이 침울하게 대답했다.

"하느님, 제발 아무 내용도 아니길 빕니다!"

이렇게 말하며 어터슨은 메모를 읽기 시작했다.

친애하는 어터슨,

이 메모가 자네의 손에 들어가는 날에 무슨 일이 생길지 지금 난 알 수 없네. 아마 난 사라졌을 걸세.

내가 처한 상황과 직감으로 미루어 볼 때 마지막이 멀지 않은 것 같네.

어터슨, 래니언이 자네에게 맡겨 놓은 편지를 먼저 읽어 보게나.

그리고 더 알고 싶은 게 있다면 이 불행하고 부족함이 많은 친구의 고백을 읽어 주게.

　　　　　　　　자네의 불행하고 부족한 친구, 헨리 지킬

"서류가 또 있었지?"

메모를 읽은 어터슨이 폴에게 말했다.

"예, 여기 있습니다."

폴은 단단히 봉해 둔 두툼한 봉투를 어터슨에게 건네주었다.

어터슨은 그것을 받아서 주머니에 집어넣었다.

"이 서류에 대해서는 아무 말도 하지 말게. 자네 주인이 도망쳤거나 죽었다면 적어도 그의 명예는 지켜 주어야 하니까. 지금 10시니까 집에 가서 이 서류들을 찬찬히 읽어 보고 자정까지는 돌아오겠네. 그때 경찰에 알리면 될 거야."

어터슨과 폴은 나가서 원형 강의실의 문을 잠갔다.

어터슨은 벽난로 가에 모여 있는 하인들을 남겨 둔 채, 수수께끼를 풀어 줄 두 통의 편지를 읽기 위해서 자신의 사무실로 향했다.

래니언 박사가 털어놓은 이야기

어터슨은 사무실로 돌아오자마자 금고 속에 깊숙이 넣어 두었던 래니언의 편지를 꺼내어 봉투를 뜯었다.

지금으로부터 나흘 전, 1월 9일이었네. 저녁때 오랜 친구이자 동료인 헨리 지킬로부터 등기 우편을 하나 받았지.

그와 내가 이런 식으로 편지 왕래를 한 적이 없기 때문에 난 깜짝 놀랐네. 우리는 자주 만났고 바로 어제 저녁만 해도 같이 식사를 했으니까. 그런 터에 굳이 등기 우편을 이용해서 할 얘기가 뭐 있겠나 싶어 황당했었네.

그런데 편지 내용은 더욱더 이상했다네.

편지에는 다음과 같이 적혀 있었네.

친애하는 래니언,

자네는 내 오랜 벗이지.

비록 학문상의 문제에 대해서 때로 의견이 달랐지만 우리의 우정에 금이 간 적은 없었다고 믿네.

자네가 만약 내게 '지킬, 내 생명과 명예가 모두 자네에게 달려 있네.'라고 한다면, 내 팔을 잘라야 한다고 하더라도 난 주저하지 않고 자네를 도울 것이네. 래니언, 지금 내 생명과 명예가 모두 자네에게 달려 있네. 만약 자네가 오늘 밤 날 돕지 못한다면 난 이걸로 끝장이네.

이렇게 쓰고 보니, 내가 자네에게 뭔가 명예롭지 못한 일을 부탁하려 한다고 생각할지도 모르겠군. 자네가 잘 판단해 주리라 믿네.

오늘 밤 무슨 약속이 있더라도, 국왕의 부름을 받는다 하더라도 모두 연기해 주길 바라네.

그리고 지금 당장 마차를 타고 내 집으로 빨리 와 주게.

내 집에서 챙길 것들이 있으니 이 편지를 가지고 가게.

내 집사 폴에게는 이미 일러 두었네. 자네가 도착할 때쯤엔 폴이 열쇠공과 함께 기다리고 있을 것이네.

그 다음에는 내 밀실 문을 억지로라도 열고 들어가야 하네.

자네 혼자 들어가게나.

왼쪽에 E라고 적힌 유리로 된 화학 약품 장이 있을 거야.

만약 자물쇠가 채워져 있으면 깨고, 위에서 네 번째이고 아래에서 세 번째 서랍을 빼내게. 그 서랍을 내용물째 그대로 가져가면 되네.

혹시 내가 지금 자네에게 잘못 일러 주는 건 아닌가 하는 생각에 극도로 불안하군. 하지만 내가 만약 잘못 기억하고 있다 하더라도 내용물을 보면 어떤 서랍이 맞는 것인지 알 수 있을 걸세.

그 안에는 약간의 가루와 유리병, 그리고 공책이 한 권 있네.

부디 그 서랍을 그대로 자네 집으로 가져가 주기 바라네.

여기까지가 자네에게 부탁하는 첫 번째 일이네.

이제 두 번째 부탁을 얘기하지.

자네가 이 편지를 받고 바로 출발한다면 아마 자정이 되기 전에 집에 돌아올 수 있을 걸세. 예상치 못한 일이 생길지도 모르니까 여유를 가지고 출발하게.

그리고 자네 집 하인들이 다 잠자리에 든 뒤에 다음 일을 해 주게.

자정에 자네 혼자서 진찰실에 있어 주면 좋겠네.

그러면 내 이름을 대며 찾아가는 사내가 있을 걸세. 그러면 하인을 시키지 말고 자네가 직접 그를 맞아 내 밀실에서 가져온 서랍을 건네주게.

여기까지 하면 자네의 임무는 끝나는 것이고 내게 그보다 더 고마울 일은 없을 것이네.

만약 자네가 이 일에 대해서 꼭 설명을 듣고 싶다면 5분만 지나면 모든 걸 다 알게 될 것이네.

그때는 내가 부탁한 대로 따라 준 것이 얼마나 중요했는지 알게 될 거야.

다소 황당하게 들리겠지만 하나라도 소홀히 하게 되면 난 죽거나 미칠 것이네. 그러면 자네가 평생 양심의 가책을 느끼게 될지도 모르지.

자네가 내 부탁을 소홀히 여기지 않으리라 확신하네. 하지만 만에 하나 그럴 수도 있다는 생각을 하면 내 가슴은 무너지고 부들부들* 떨리네.

지금 이 시간 이상한 곳에서 상상할 수 없는 불안에 떨고 있는 나를 기억해 주게. 오직 자네가 내 부탁을 정확하게 들어주어야만 내 고통이 떠나가 버릴 것이네.

래니언, 제발 내 부탁을 들어주게.

날 구해 주게.

자네의 친구, 헨리 지킬

덧붙임 : 이 편지를 쓰고 나니 또 다른 걱정이 밀려오네.

우체국에서 이 편지를 내일 아침까지 배달하지 못할 수도 있다는 생각이 들어서 말이야. 그럴 경우에는 편지를 받는 대로 내 부탁을 들어주게.

그리고 밤 12시에 내 심부름꾼을 기다려 주게.

어쩌면 그때는 이미 너무 때가 늦어 버렸을 수도 있네.

만에 하나 일이 잘못되면 헨리 지킬은 이제 더 이상 이 세상에 없을 거라고 생각해 주기 바라네.

난 이 편지를 읽으면서 '이 친구가 정신이 나갔구나.' 하고 생각했지.

하지만 이 친구의 말이 사실일 수도 있다는 생각에 부탁을 거절할 수 없었네. 게다가 그렇게까지 간절하게 부탁한 일을 책임감 없이 나 몰라라 할 수는 없지 않은가.

난 곧바로 마차를 타고 지킬의 집으로 달려갔네.

집사 폴이 날 기다리고 있더군.

그 역시 나와 마찬가지로 등기 우편으로 지시 사항을 받고 열쇠공과 목수를 부르러 사람을 보낸 상태였어.

폴과 얘기하고 있는 중에 기술자들이 도착했고 우리들은 지킬의 밀실로 향했지.

하지만 문은 단단했고 자물쇠도 튼튼하게 채워져 있었지. 목수가 보더니 억지로 열려고 하면 상당히 고생할 뿐만 아니라 문을 부숴야 한다고 했어. 열쇠공도 한동안 거의 가망이 없다고 했지. 하지만 기술이 좋은 사람이어서 두 시간 정도 고생하더니 문을 열더군.

마침내 E라고 쓰인 약장의 문을 열고 나서 네 번째 서랍을 꺼냈다네.

서랍을 보자기에 싸서 곧바로 거기를 떠났지. 난 집에 와서 서랍 안에 뭐가 들었는지 살펴보기 시작했어.

가루약은 꽤 솜씨 있게 포장되어 있었지만 약국에서 주는 것처럼 깔끔하게 포장되어 있지는 않았네. 그래서 지킬이 직접 넣은 것이 분명하다고 생각했지.

약을 싼 봉지 하나를 열어 보니 하얀 알갱이들이 나오더군.

약병에는 핏빛의 용액이 반쯤 들어 있었어. 병에서는 아주 지독한 냄새가 났는데, 내 생각에는 인과 휘발성이 강한 에테르 성분이 들어 있는 것 같았네. 다른 성분은 전혀 짐작할 수 없었고.

그리고 흔히 볼 수 있는 공책이 하나 있었는데 거기에는 날짜 순서로 실험한 것이 적혀 있었네. 지난 몇 년간 실험한 걸 기록했는데, 약 일 년 전에 갑자기 중단되어 있더군.

날짜가 적힌 곳에는 짧은 메모가 있었는데 그것도 단 한 마디였어. 수백 번의 기록에 '두 배로'라는 말이 여섯 번 정도 나오더군. 그리고 노트의 앞부분에 '완전 실패!'라고 적혀 있었네.

그것들이 나의 호기심을 끌긴 했지만 결정적인 단서는 되지 않았네. 알코올 용액이 들어 있는 약병과 하얀 가루약이 든 봉지, 그리고 지킬의 실험이 항상 그랬듯이 별 쓸모도 없을 것 같은 실험들에 대한 노트가 전부였거든.

'지금 집에 가져온 이런 것들이 그 정신 나간 친구의 생명과 명예에 어떤 도움이 된다는 거지? 만약 그가 심부름꾼을 내게 보낼 수 있다면, 왜 그 심부름꾼을 직접 보내서 가져오게 하지 않은 걸까? 왜 그 심부름꾼을 아무도 모르게 내가 직접 맞아들여야 하는 거지?'

생각할수록 지킬의 정신에 문제가 생겼다고밖에 달리 해석이 안 되더군.

하인들을 먼저 잠자리에 들라고 했지.

혹시 위험한 일이 닥칠지도 모른다는 생각에 권총을 미리 준비해 두었네.

12시를 알리는 종소리가 런던에 울려 퍼지자마자, 문을 노크하는 소리가 들리더군. 문을 열고 보니 한 작은 사내가 현관 기둥에 몸을 웅크리고 있었어.

"지킬 박사가 보내서 왔습니까?"

내가 묻자 그가 구부정한 몸으로 그렇다고 하더군. 내가 안으로 들어가자고 했지. 그러자 그는 불안하고 두려운지 흘깃 흘깃 뒤를 돌아보며 따라오더군.

그때 마침 그리 멀지 않은 곳에서 경찰 한 명이 손전등을 들고 오고 있었지. 그걸 보더니 사내가 갑자기 움찔 놀라며 서둘러 안으로 들어오는 거야.

그 모습을 보자 조심해야겠다는 생각이 들었네. 그래서 슬그머니 주머니 속에 든 권총을 꽉 잡았지.

진찰실의 밝은 불빛 아래서 처음으로 그 사내를 자세히 볼 수 있었네.

처음 보는 얼굴이더군. 키가 작았고 얼굴에는 기괴한 표정을 짓고 있었어. 특이하게도 근육이 불룩 튀어나왔으면서도 눈에 띄게 쇠약한 체질을 가지고 있었지.

그리고 빼놓을 수 없는 또 하나의 특징은, 뚜렷한 이유도 없이 기분 나쁜 느낌이 드는 것이었어. 오한의 초기 증상처럼 갑자기 몸에 열이 나면서 오슬오슬 추워지더군.

그 사내는 보통 사람이라면 도저히 이해할 수 없을 정도로 우스꽝스러운 차림새를 하고 있었네. 고급 옷감으로 만들어진 옷을 입고 있었는데 몸에 맞지 않게 큰 옷이었어.

몸에 걸려 있다는 표현이 맞을 정도로 헐렁헐렁한 바지는 땅

바닥에 끌리지 않도록 여러 번 접혀 있었지.

외투의 허리 부분이 엉덩이 밑으로 내려와 있었고 목깃은 거의 어깨가 다 보일 정도였어.

그런데 그처럼 어이없는 복장을 보고도 전혀 웃음이 나오지 않았네. 충격적이고 거북한 느낌을 주는 이 사내에게는 오히려 그 비정상적이고 꼴사나운 복장이 더 잘 어울린다고 생각했지.

그러자 이 사내가 도대체 어떤 사람인가 흥미가 생기더군. 어디서 태어났고 어떻게 생활하고 무슨 일로 돈을 버는지 알고 싶어졌어.

이렇게 길게 늘어놓았지만 이런 관찰은 사실 단 몇 분 동안에 일어난 일이라네.

그 사내는 엄청난 흥분에 빠져 있었네.

"가져오셨습니까? 그걸 가져오셨어요?"

그는 정말 참을 수 없다는 듯 내 팔을 붙잡고 흔들면서 말했어. 그의 손이 내 몸에 닿는 순간 나는 혈관이 얼어붙는 것 같아 그를 밀어 냈지.

"언제 봤다고 이러십니까! 일단 앉으시오."

그에게 자리를 권하면서 나는 평상시 환자를 대할 때처럼 행동하려고 했지.

하지만 밤이 늦은데다 편지를 읽을 때부터 불안했기 때문에 사내를 보면서 밀려오는 공포를 숨기기란 쉽지 않았네.

"죄송합니다, 래니언 박사님."

그가 아주 정중하게 말하더군.

"제가 너무 급해서 큰 실례를 했습니다. 헨리 지킬 박사님으로부터 몇 가지 일을 부탁받고 왔습니다. 제가 듣기로……."

그가 잠깐 말을 멈추고는 목에 손을 갖다 대었어. 내가 보기에 발작 증세가 오려는 걸 힘겹게 참고 있는 것 같았네.

"제가 듣기로 서랍을 하나……."

난 고통에 휩싸인 그 사내가 불쌍하다는 생각이 드는 한편 더욱 궁금증이 커지더군.

"서랍은 저기 있소."

아직 천에 싸여서 책상 뒤 바닥에 놓여 있는 서랍을 가리키며 말했지.

그는 서랍 쪽으로 훌쩍 가더니 갑자기 멈춰 섰어. 그러고는 손을 심장에 갖다 대더군. 턱에 경련이 일며 이를 부드득 가는 소리가 들렸어. 그의 얼굴은 보기에 너무 끔찍할 정도로 창백해지고 있었어. 난 그가 죽거나 미치는 건 아닐까 해서 걱정이 되었네.

"마음을 가라앉히고 진정하시오."

내가 말하자 그는 내게 무시무시한 미소를 지어 보이더군. 그러더니 생사의 갈림길에 서서 결단을 내리기라도 한 듯 서랍을 싼 천을 휙 젖혔어.

안의 내용물을 보더니 안도의 표정을 지으며 짐승처럼 울부짖었어.

난 도대체 일이 어떻게 돌아가는지 알 수가 없었지. 충격으로 몸이 뻣뻣하게 굳어지더라고. 잠시 뒤 그는 좀 진정이 된 목소리로 묻더군.

"눈금 실린더가 있습니까?"

난 가까스로 자리에서 일어나서 실린더를 건네주었어.

그는 고맙다는 인사를 하고 빨간색 용액을 눈금에 맞추어 따르고 가루약 봉지 하나를 털어 넣었네.

실린더 안의 액체가 처음에는 불그스레한 빛이 나더니 결정들이 녹기 시작하자 점차 맑아지더군.

그러다가 갑자기 부글부글 소리와 함께 기포가 생기며 조금씩 증기가 뿜어 나오기 시작했지.

기포가 멎자 용액이 짙은 자주색이 되더니 시간이 지남에 따라 조금씩 연보라색으로 바뀌었어.

사내는 실린더 안의 변화를 지켜보며 미소를 짓더군.

그러고는 약병을 책상 위에 놓고 돌아서서 나를 뚫어지게 바라보더니 말했어.

"자, 이제 한 가지 선택이 남았습니다. 현명한 길을 선택하시겠습니까? 아니면 끝까지 무슨 일이 생기는지 알아보는 모험을 선택하시겠습니까? 다시 말해서 아무런 설명 없이 내가 이 병을 가지고 당신 집을 나가는 걸 원하십니까? 아니면 탐욕스러운 호기심으로 좀더 자세한 걸 알고 싶으십니까? 선생님이 원하는 대로 될 테니 대답하기 전에 생각해 보십시오. 선생님의 결정에 따라 지금까지처럼 평화롭게 살 수도 있고 새로운 지식을 얻은 학자로서 명성과 권력을 손에 거머쥘 수도 있습니다."

"이보게, 자네는 꼭 수수께끼처럼 말하는군. 이미 자네도 알고 있겠지만 난 자네가 하는 말이 전혀 믿기지 않는다네. 하지만 난 이미 이 일에 너무 깊이 빠져들었으니 끝을 보아야 하지 않겠나."

나는 몹시 흥분되었지만 겉으로는 침착한 척하며 말했어.

"좋습니다, 래니언 박사님. 이제부터 일어나는 일에 대해서는 의사의 명예를 걸고 비밀을 지켜 주시기 바랍니다. 당신은 지금까지 편협한 시각에 사로잡혀 초자연적인 약품의 가치를 인정하지 않았죠. 자신보다 뛰어난 과학자들을 비웃었던 당신, 자, 이제 저를 잘 지켜보십시오!"

그가 약병을 입에 대더군. 그러고는 용액을 꿀꺽 단숨에 마셔 버렸어.

뒤이어 외마디 비명을 지르더니 괴로운 듯 벽 쪽으로 뒷걸음질 치더니 거의 쓰러질 듯 책상에 매달린 채 퀭한 눈으로 노려보며 입을 벌리고 헐떡거렸어.

눈을 떼지 못하고 지켜보고 있는데 뭔가 이상한 변화가 생기기 시작했어.

그의 얼굴이 갑자기 검게 변하더니 얼굴 모양이 문드러지며 달라지고 있었지.

다음 순간 난 공포에 질려 벌떡 일어나 벽 쪽으로 물러섰어. 너무 끔찍한 광경에 팔을 들어 눈을 가렸고 몸은 두려움으로 떨고 있었지.

"세상에!"

난 비명을 질렀어.

"아, 세상에!"

난 비명을 멈출 수가 없었지.

그때였어. 내 눈앞에는 완전히 다른 사람이 서 있었어.

이제 죽음의 세계에서 막 돌아온 것 같은 헨리 지킬이 서 있었네! 창백하게 부들부들 떨고 있는 헨리가 아직 정신이 다 들지 않은 듯 손으로 앞을 더듬고 있었다네. 그 후 한 시간가량 그가 내게 말한 것은 옮겨 적을 엄두가 나지 않네. 직접 내 눈으로 보고 내 귀로 들은 것이지만 생각하는 것만으로도 난 너무나 괴롭다네.

그 일이 있은 후 내 삶은 뿌리째 흔들렸고 잠을 잘 수도 없었네. 극도의 공포가 밤낮을 가리지 않고 날 따라다녔지.

요즘 난 살 날이 얼마 남지 않았다는 걸 느낀다네.

그래, 난 결국 죽고 말 거야. 왜 내게 그런 믿을 수 없는 일이 일어났는지도 모른 채로 말일세.

지킬이 내게 한 고백은 눈물을 철철 흘리며 뉘우친다 하더라도 섬뜩한 공포를 느끼지 않고는 말할 수 없네. 기억 속에 떠올리는 것조차 두렵네.

어터슨, 딱 한 가지를 말하는 걸로 충분할 것 같네.

지킬의 고백대로라면 그날 밤 나를 찾아왔던 자는, 댄버스 캐류 경의 살해범으로 전국적으로 수배를 받고 있는 에드워드 하이드라네.

헨리 지킬의 고백

래니언 박사의 편지를 다 읽은 어터슨은 머리가 어지러웠다. 아무리 생각해도 뭐가 어떻게 된 것인지 알 수가 없었다.

생각에 잠겨 있던 어터슨은 지킬 박사가 자기에게 남겨 둔 봉투를 뜯었다. 부들부들 떨리는 손으로 편지를 쥐고 읽어 내려가기 시작했다.

나는 18XX년에 매우 부유한 집안에서 태어났다. 영리하고 부지런한데다 선하기까지 해서 언제나 주위 사람들의 칭찬을 들으며 성장했다.

그러니 어느 면으로 보나 밝은 앞날이 약속되어 있는 사람이었다.

하지만 내게는 큰 결점이 있었다. 나는 쉽게 쾌락의 유혹에 빠지는 성격이었다. 이런 성격을 가지고 행복하게 사는 사람도 많지만 나는 그렇지 못했다.

나는 나 자신이 그렇게 쉽사리 유혹에 빠져들 수 있다는 사실이 불만이고 싫었다. 남들 앞에서 점잖은 체하고 젠체하고 싶은 오만한 마음도 있었기 때문이다.

나는 쉽게 죄악의 유혹에 빠져드는 에드워드 하이드와 남들 앞에서 근엄한 얼굴로 잘난 체하고 싶은 오만한 헨리 지킬은 어울릴 수 없다는 것을 깨달았다.

그때부터 나는 내 욕망을 숨기기 시작했다.

지난 몇 년간의 내 삶을 돌이켜보면, 사회에서 내가 차츰 성공하고 자리를 잡기 시작한 때부터 나는 이미 심각한 이중 생활을 해 왔다.

보통 사람들은 그런 이중 생활을 자랑스럽게 떠벌리기도 한다. 하지만 난 그런 내가 수치스러워 병적으로 숨기고 싶어 했다.

그러므로 지금의 나를 만든 것은, 내가 점차로 타락해 가는 삶을 산 결과라기보다는 완벽함을 추구하는 내 성격 때문이라

고 할 수 있다.

이런 성격 때문에 나는 인간의 두 가지 본성을 이루고 있는 선과 악에 대하여 다른 사람들보다 더 심각하게 생각하게 되었고 더욱 철저하게 구분하게 되었다.

난 철저한 이중 인격자였지만 절대 겉으로만 착한 체하는 위선자는 아니었다. 난 내 안에 있는 선과 악, 두 가지 인격 모두에 대해 진지하고 충실했다.

내가 참지 않고 부끄러운 일에 몰두할 때에도, 학문을 연구하고 있을 때나 고통받는 자들을 돕는 일을 할 때처럼 당당하게 그 일에 열중했다.

어느 순간부터는 과학적 연구를 할 때에도 나는 신비롭고 자연적인 것을 추구하기 시작했고, 하나 둘 밝혀 나가기 시작했다.

나는 이 과정에서 인간은 하나가 아니라 둘이라는 사실을 깨달았다. 다시 말해 인간은 한 사람이 아니라 두 사람이라는 것을 알게 되었다.

그때는 이 발견이 내 삶을 파멸에 이르게 할 줄은 꿈에도 생각하지 못했다.

나는 선과 악, 둘로 이루어진 것이고 선과 악 중 어느 하나가 더 나다운 것이라고 말할 수 없었다.

　내 마음 속에서는 두 가지 본성인 선과 악, 둘이 늘 서로 다투었다. 사실 그런 다툼이 있었던 이유는 내가 보통 사람들과 달리 선과 악, 두 가지 본성을 다 극단적으로 가지고 있었기 때문이었다.

　내가 과학적인 발견을 통해 선과 악을 분리하는 기적 같은 일을 하기 훨씬 전부터, 이 두 가지를 따로 분리한다는 생각을 하면 재미있었다.

　'만약 늘 티격태격 다투는 선과 악을 과학의 힘으로 떼어 내 서로 다른 육체에 살게 할 수 있다면 인생에서 견디기 힘든 고통은 훨씬 줄어들 거야. 악은 선에 얽매이지 않고 마음껏 악의 길을 갈 것이고, 선은 악의 유혹에 시달리지 않고 마음껏 옳은 길을 안전하게 걸어갈 테니까. 선은 착한 일을 하며 즐거움을 느낄 것이고, 더 이상 악의 유혹을 받아 부끄럽고 후회되는 일을 하지 않을 거야. 내가 생각하기에 서로 너무나 다른 선과 악이라는 이란성 쌍둥이가 마음 속에서 끊임없이 서로 싸워야 하는 것은 우리 인류에게 저주야. 그렇다면 그 둘을 어떻게 분리시키지?'

　나는 실험을 하던 중에 선과 악을 분리시키는 문제에 대한 해답을 얻기 시작했다. 내가 실험하던 어떤 약품에서 육체라는 겉옷을 뒤흔들다 벗겨 버리는 힘이 발견된 것이다. 마치 바람이 몰아쳐서 천막이 흔들리다 날아가는 이치와 비슷했다.

내가 이렇게 고백하면서 과학적인 설명을 자세히 하지 않는 것은 두 가지 이유 때문이다.

첫째는, 선과 악 때문에 늘 고민하는 우리의 삶이 우리를 영원히 떠나지 않을 것이라는 걸 알았기 때문이다. 그 고민을 벗어 버리려는 시도를 했을 때, 그것은 지금까지 경험해 보지 못한 더 가혹한 고통으로 우리에게 되돌아온다는 것을 깨달았기 때문이다.

둘째는, 내 발견이 명백하게 불완전했기 때문이다.

나는 내가 만든 약으로 내 안에 숨겨진 다른 얼굴로 바뀔 수 있었다. 하지만 그것은 내 영혼의 밑바닥에 눌려 있던 나의 한 부분이었기 때문에 아주 자연스러운 일이었다.

난 이 이론을 실험에 옮기는 걸 한동안 망설였다. 만약 잘못되는 날에는 죽을 수도 있다는 걸 알았기 때문이다.

사람과 사람을 구분해 주는 육체를 뒤흔들고 지배할 수 있는 약이라면, 조금이라도 더 복용하거나 제때에 먹지 않는다면, 변화하는 과정에 있는 불안정한 육체가 형체도 알아볼 수 없이 파괴될 수 있지 않은가. 이에 대한 걱정과 염려 때문에 난 주저할 수밖에 없었다.

하지만 새로운 발견에 대한 유혹은 너무나 강렬하고 집요했다. 그래서 나 자신을 실험 대상으로 삼기로 했다.

실험 첫 단계에 필요한 용액은 이미 오래 전에 만들어져 있었다. 그리고 그동안 했던 여러 실험을 통해서 필요한 물질들이 무엇인지 하나하나 알아냈다.

난 즉시 용액에 마지막으로 첨가할 물질을 약품 도매상에게서 대량으로 구입했다.

마침내 어느 저주받은 날 밤, 난 그 약품들을 용액에 녹여 물약을 만들었다. 그리고 약병 안에서 물약이 부글부글 끓고 증기가 생기는 것을 보았다.

끓던 게 멈추고 기포가 가라앉자 난 깊게 숨을 들이마시고 용기를 내어 그 물약을 단숨에 마셔 버렸다.

그 순간 말할 수 없는 고통이 밀려왔다. 뼈가 으스러지는 것 같았고 바늘로 콕콕 쑤시는 것 같은 통증이 느껴졌다.

육체적인 고통뿐이 아니었다. 정신을 뒤흔드는 공포는 태어날 때와 사망할 때의 괴로움에 못지 않은 것이었다.

하지만 시간이 갈수록 조금씩 고통과 공포가 가라앉기 시작했다.

난 마침내 큰 병을 앓고 일어난 사람처럼 다시 나 자신으로 돌아왔다.

하지만 뭔가 이상한 느낌이 들었다. 뭔가 말로 할 수 없을 만큼 새롭고 독특한 느낌이었다. 젊어진 느낌에 몸이 가벼워졌고 기분도 상쾌했다.

난 고삐 풀린 망아지처럼 무질서한 욕망이 내 몸을 사로잡는 것을 느꼈다. 도덕이니 규율 같은 것은 눈 녹듯 사라졌고 날 속박하는 것은 아무것도 없었다. 뭔가 알 수는 없는 사악한 영혼이 나를 가득 채웠다.

아기가 태어나 첫 울음을 터뜨리듯 이 새로운 몸에서 첫 숨을 내쉬자마자 난 내가 이전하고는 비교할 수 없을 만큼 악해졌다는 걸 알 수 있었다. 악에게 영혼을 팔아넘긴 것처럼 열 배는 더 사악해진 것이었다.

이렇게 생각하자 술을 적당히 마신 것처럼 바로 기분이 좋아졌고 힘이 났다. 난 놀라울 정도로 젊어진 것이 기뻐서 두 팔을 쫙 펼쳤다.

그때 난 갑자기 내 키가 줄어든 것을 알게 되었다.

그날 내 방에는 거울이 없었다.

이 글을 쓰고 있는 지금 내 옆에 있는 거울은 모습이 바뀌는 걸 보기 위해 나중에 구입한 것이다.

그때는 이미 밤이 깊어 거의 먼동이 틀 때가 되어 있었다. 하지만 밖은 아직 칠흑같이 어두웠고 집에서 일하는 사람들은 모두 정신없이 자고 있었다.

나는 희망과 과학적인 승리감에 취해 이 새로운 모습으로 내 침실까지 가 보리라고 마음먹었다.

밤 하늘에 별자리가 수놓여 있는 정원을 지나며 지금껏 이 우주에 존재한 적이 없는 새로운 생명체가 지금 이 한밤중에 깨어 돌아다니고 있다는 생각을 했다.

내 집이었지만 더 이상 난 지킬이 아니었기에 복도를 조심조심 걸었다.

내 방에 들어가서 처음으로 에드워드 하이드의 모습을 볼 수 있었다.

그는 나에게서 선한 마음을 빼내고 악한 마음으로 만들어진 인간이었다. 그런데 악으로 만들어진 인간은 내가 방금 전에 떠나온 나의 선한 본성보다 연약했고 발육도 부진했다. 내가 살아오는 동안 90퍼센트 이상의 노력을 미덕, 자제 등에 쏟았기 때문에 나의 악한 본성이 제대로 자라날 기회가 없었던 것이다. 그래서 상대적으로 작은 것 같았다.

어쨌든 에드워드 하이드는 헨리 지킬에 비해 더 작고 더 가벼우며 더 젊었다.

한쪽 얼굴에서는 선이 빛났지만 다른 한쪽 얼굴에서는 악이 뚜렷하게 빛나고 있었다. 난 지금도 인간을 죽을 수밖에 없는 운명으로 내모는 것이 악이라고 생각한다. 하이드 역시 뒤틀리고 썩어 가는 몸뚱이가 분명했다.

그런데 거울에 비친 그의 추한 모습을 보았을 때 불쾌하거나 혐오스럽지 않았다. 오히려 반갑다는 생각이 들었다.

그 역시 '나'였던 것이다. 억지로 점잔을 빼는 선한 얼굴보다 이 편이 자연스럽고 인간적인 것 같았다. 그리고 생동감이 넘쳤다. 그는 지금까지 내가 '나'라고 부르던, 불완전하면서도 경건한 표정을 짓던 이전의 나보다 더 나 자신을 잘 나타내는 것 같았다. 그래서인지 훨씬 나다워 보였다. 여기까지는 괜찮았다.

그런데 문제가 생겼다. 내가 에드워드 하이드의 육체를 하고 있을 때, 나와 처음 만나는 사람들은 항상 눈에 띌 정도로 괴로움을 느끼는 것을 발견했다.

그 이유는 아마도 우리가 만나는 모든 인간은 선과 악이 뒤섞인 존재인 데 반해, 하이드는 인류 역사상 처음으로 유일하게

100퍼센트 순수한 악으로 이루어진 인간이어서 그럴 것이다.

난 거울 앞에서 아주 잠깐 서 있었다. 아직 결정적인 두 번째 실험을 시도하지 않기 때문이다. 만약 내가 원래의 나인 헨리 지킬로 돌아갈 수 없다면 더 이상 이 집에 계속 있을 수 없다는 것을 깨달았다. 아침이 밝기 전에 도망쳐야 하는 것이다.

난 서둘러 밀실로 돌아와 약을 다시 만들어서 들이켰다.

지킬이 하이드가 될 때처럼 한 번 더 몸이 녹는 격렬한 고통을 겪었고, 하이드가 되기 전의 성격과 키와 얼굴을 가진 헨리 지킬로 다시 돌아올 수 있었다.

그날 밤 난 생사의 갈림길을 오간 것이었다.

나는 그렇게 실험에 성공했다. 누구도 생각하지 못했던 과학의 기적을 이루어 낸 것이다. 바로 한 사람의 마음 속에 있는 선과 악을 떼어 분리하는 데 성공했으니까.

그런데 난 악만을 끄집어 냈다.

내가 만약 그날 밤 악만을 꺼내 하이드를 만든 것처럼 선만을 끄집어 내 육체를 만들었다면 어떻게 되었을까. 아마 모든 것이 달라졌을 것이다. 출생과 죽음의 고통에서 벗어나 악마가 되는 대신 천사가 되었을 것이다.

하지만 그렇게 할 수 없었다. 약 자체에는 천사나 악마를 만

들어 내는 효능이 없었다.

약을 들이켠 순간 그 약은 내 본성을 가두고 있는 감옥의 문을 뒤흔들었고, 탈출하는 죄수들처럼 내 본성이 밖으로 뛰쳐나온 것이다.

그때 내 선한 본성은 잠들어 있었다. 하지만 호시탐탐 기회를 노리며 깨어 있던 나의 악한 본성은 이 절호의 기회를 놓치지 않고 재빨리 뛰쳐나온 것이다. 그렇게 만들어진 게 에드워드 하이드였다.

그래서 난 두 개의 다른 모습뿐만 아니라 두 개의 인격을 가지게 되었다. 하나는 철저한 악의 화신인 하이드이고, 다른 하나는 여전히 선과 악이 뒤섞인 본래의 헨리 지킬이다. 이렇게 사태가 점점 악화되어 가고 있었다.

하지만 그때까지만 해도 연구만 하는 무미건조한 삶에 대한 반감이 그렇게까지 크지는 않았다. 단지 이따금 따분한 삶을 거부하고 즐기고 싶다는 생각을 하는 정도였다. 그러나 나의 즐거움은 품위와는 거리가 먼 것이었다.

내가 유명하고 고상한 사람으로 대접받고 점점 존경받는 지도층이 되어 감에 따라 이런 부조화는 점점 더 받아들이기 힘들어졌다.

결국 이 틈을 비집고 또 다른 존재가 될 수 있다는 사실이 날 유혹했고, 결국 날 노예로 만들어 버렸다.

난 저명한 교수에서 한 병의 물약만 마시면 즉시 두꺼운 겉을 입듯 에드워드 하이드가 될 수 있었다. 그렇게 생각하니 슬그머니 웃음이 나왔다. 그때는 이게 재미있을 것 같았다.

나는 조금의 실수도 없도록 모든 준비를 갖추어 갔다. 먼저 소호에 있는 집을 사서 가구를 들여놓았다.

그 집은 하이드가 경찰의 추적을 받았을 때를 대비해 마련한 것이었다. 예전부터 알고 지내던, 말이 없고 양심 같은 건 신경 쓰지 않는 가정부를 그 집에 들여놓았다.

한편 광장에 있는 내 집의 하인들에게 하이드가 어떻게 생겼는지 말해 주었다. 그리고 하이드가 집 안에서 뭘 하든 상관 말고 시키는 대로 잘 따르라고도 일러 두었다. 그리고 만일을 대비해서 하이드의 몸으로 하인들에게 나타났다. 그들이 하이드를 낯설게 느끼지 않도록 하기 위해서였다.

그 다음 난 어터슨이 그렇게도 반대했던 유언장을 작성하기 시작했다. 만약 지킬 박사의 몸일 때 뭔가가 잘못되기라도 하면, 에드워드 하이드가 되어서 모든 것을 다 물려받을 수 있도록 유언장을 썼다.

이렇게 만반의 준비를 다 해둔 다음 내 특수한 처지를 안전하게 이용하기 시작했다.

때때로 사람들은 자기 몸과 평판에 피해가 가지 않게 하면서 범죄를 저지르기 위해 불한당들을 고용하는 경우가 있다. 하지만 스스로의 쾌락을 위해서 범죄를 저지르는 경우는 내가 처음일 것이다.

사람들의 진심 어린 존경을 받으며 살다가, 순식간에 학교에 갔다 온 아이처럼 모든 것을 던져 버리고 바다같이 넓은 자유를 맛볼 수 있었다. 나는 철저하게 자신을 변화시킬 수 있기에 안전하게 자유를 누릴 수 있었다.

생각해 보시라. 난 존재하지도 않았다! 내 연구실 문으로 들어와서 준비해 놓은 성분을 섞어 몇 초동안 약을 만들고 그걸 마실 시간만 있으면, 에드워드 하이드가 뭘 했든 마치 거울에 서린 김이 한 번의 입김으로 순식간에 사라지듯 그는 더 이상 존재하지 않는 것이다. 그 자리에는 평온한 집에서 조용히 공부를 하다가 연필을 다듬고 있는 헨리 지킬이 있는 것이다.

내가 간절히 바라는 욕망은 이미 말한 것처럼 고상하지 못한 것들이었다. 그보다 더 심한 말을 쓸 수도 있겠지만 지금은 쓰지 않겠다.

어쨌든 에드워드 하이드의 손에 들어가면 모든 일들은 걷잡을 수 없이 사악한 것들이 되기 시작했다.

내가 헨리 지킬의 몸으로 돌아왔을 때 나는 종종 하이드가 저지르는 악행에 놀라곤 했다.

맘대로 제가 원하는 쾌락을 추구하도록 내버려 두자 하이드는 말할 수 없이 사악했고 극악무도했다. 그의 모든 행동과 생각은 지극히 이기적이었다. 다른 사람들이 고통스러워하면 할수록 탐욕스러운 짐승처럼 더 즐거워했다. 그리고 돌로 만들어지기라도 한 것처럼 분별없이 행동했다. 일을 사리에 맞게 판단하고 앞뒤를 생각하는 신중함이 도대체 없었다.

헨리 지킬은 에드워드 하이드의 행동에 여러 번 소스라치게 놀랐지만 점차 양심의 가책이 무뎌졌다. 무엇보다 죄를 짓는 것은 지킬이 아니라 하이드라고 생각했다.

지킬은 전혀 악해지지 않았다. 그가 다시 지킬이 되었을 때 그의 선한 성품은 조금도 손상되지 않은 것 같았다.

지킬은 심지어 하이드가 저지른 악행들을 바로잡으려고 뛰어다니기까지 했다.

하지만 그러는 동안에 지킬은 점점 죄의식이 없어졌고 그의 양심은 마비되어 가고 있었던 것이다.

하이드의 파렴치한 행적을 여기에 낱낱이 기록할 생각은 없다. 그건 지금까지도 그 일들을 내가 저질렀다고는 생각하지 않기 때문이다.

먼저 말하고 넘어갈 것은 내가 겪었던 한 사건이다. 그 사건은 뒤처리가 잘 되어 아무 탈이 없었기 때문에 짧게 말하겠다.

하이드가 어린아이에게 한 잔인한 행동 때문에 지나가는 행인을 분노케 했다. 그런데 며칠 전에 그가 바로 어터슨의 친척이라는 걸 알게 되었다.

의사와 어린아이의 가족들이 그와 합세했다. 난 그때 잠깐이나마 생명의 위협을 느꼈다. 그래서 결국 그들의 분노를 누그러뜨리기 위해 에드워드 하이드는 그들을 실험실의 뒷문으로 데려갔다. 그리고 그들에게 돈을 지불하기 위해 헨리 지킬의 이름으로 개인 수표를 써 주었다.

그 후 이 사건은 어렵지 않게 마무리가 되었다.

난 에드워드 하이드의 이름으로 또 다른 은행에 계좌를 열었다. 난 하이드를 위해 서명할 때 손을 약간 세워서 했기 때문에 안전하다고 생각했다.

댄버스 캐류 경을 살해하기 두 달 전쯤, 그날도 난 나만의 모험을 하러 밖에 나가 있었다.

다음 날 아침 침대에서 깨어났을 때 뭔가 이상한 느낌에 사로잡혔다.

주위를 둘러보아도 그런 느낌은 없어지지 않았다. 광장에 있는 내 방의 고상한 가구와 높은 천장, 침대 커튼과 마호가니로 된 침대 틀을 둘러보아도 마찬가지였다. 내가 어제 잤다고 생각한 곳에 내가 있지 않은 것 같다는 느낌이 들었다. 에드워드 하이드의 몸으로 있을 때 자곤 했던 소호의 작은 방에서 깨어난 것 같은 느낌이었다.

난 소리 없이 미소를 지었다. 뭉그적거리며 이런 착각에 빠지게 된 원인을 머릿속으로 생각했다.

그러다가 아침잠 속으로 다시 빠져들었다.

선잠을 자다 눈을 뜬 순간 난 내 손을 보게 되었다. 어터슨이 종종 말한 대로 헨리 지킬의 손은 모양과 크기가 듬직하고 쭉 빠졌었다. 클 뿐만 아니라 단단하고 새하얗고 멋진 손이었다. 하지만 그때 본 손은 힘줄과 관절이 울퉁불퉁 튀어나오고 여위고 지저분하고 검은 털이 텁수룩한 손이었다.

그건 바로 하이드의 손이었던 것이다. 아마 한 30초 정도 그 손을 뚫어지게 쳐다봤을 것이다.

난 놀라서 머리가 멍해졌고 뒤이어 공포가 밀려오기 시작했

다. 난 침대에서 벌떡 일어나 거울로 달려갔다. 내 눈앞에 보이는 모습에 등골이 오싹해지고 피가 거꾸로 솟기 시작했다.

그렇다. 난 지난 밤 분명 헨리 지킬의 몸으로 잠자리에 들었다. 그런데 아침에 에드워드 하이드의 모습으로 깨어난 것이다. 이걸 어떻게 설명해야 할 것인가?

아침이 한참 지난 시간이었다. 이걸 어떻게 해결할 것인가? 하인들은 모두 일어나 있었고 내 약품들은 모두 밀실에 있었다. 거기까지 가려면 두 개의 계단을 내려가서 복도를 지나 정원을 건너 해부학 원형 강의실에 들어가야 안심할 수 있을 것이다. 하이드의 얼굴은 무엇으로 가릴 수도 있을 것이다.

하지만 확 작아진 키를 감출 수 없는데 얼굴 가리는 게 도대체 무슨 소용이란 말인가?

난 걱정으로 가슴이 답답하고 목이 타 들어갈 지경이었다. 하지만 다음 순간, 난 안도의 한숨을 쉴 수 있었다. 하인들이 이미 하이드의 모습에 익숙해져 있다는 생각을 하게 된 것이다.

나는 곧바로 몸에 맞는 옷으로 갈아입고 방을 나갔다.

마부 브래드쇼가 이상한 옷차림을 한 하이드를 보고 눈이 동그래져 쳐다보더니 뒤로 물러섰다.

10분 후 지킬 박사는 자신의 원래 모습을 되찾아 눈썹을 잔뜩 찌푸리고 앉아서 아침을 먹는 시늉을 하고 있었다. 정말 입맛이 없었다.

'약도 마시지 않았는데 왜 하이드의 모습으로 바뀐 것일까?'

이 설명할 수 없는 사건으로 큰 충격을 받았다. 난 어느 때보다 지킬과 하이드의 이중 생활이 가져올 문제와 앞날에 대해서 심각하게 생각하기 시작했다.

그 무렵 하이드는 활동량이 많아졌고 영양 상태도 좋아졌다. 하이드는 키도 자라고 힘도 세진 것 같았다.

만약 이런 일이 계속된다면 나중에는 에드워드 하이드의 성격만이 남게 될지도 모른다는 위험성을 깨닫게 되었다.

약의 효과도 항상 똑같이 나타난 것은 아니었다. 한번은 완전히 실패한 적이 있었다. 그 후로 난 몇 번 복용량을 두 배로 늘려야 했다.

그러다 죽음의 위험을 무릅쓰고 복용량을 세 배로 늘리기도 했다. 이러다가는 약을 마셔도 원래의 모습으로 바뀌지 않을 수 있다는 불안감이 덮쳐 왔다.

처음에는 지킬의 모습을 벗어 던지는 것이 어려웠다. 하지만 아침에 생긴 일을 보면, 이제는 조금씩 조금씩 그러나 분명하게 하이드에서 지킬 박사로 되돌아가는 것이 어려워지고 있다

는 사실을 알 수 있었다.

난 점점 원래의 내 모습이던 지킬을 잃고 사악한 하이드로 바뀌어 가고 있는 것이었다.

이제 와 생각해 보면, 나는 둘 중에서 어느 하나를 선택했어야 했다. 나의 두 본성은 똑같은 것을 기억하는 것을 빼고는 능력이라든가 모든 면에서 달랐다.

선과 악을 함께 지니고 있는 지킬은 이제 민감한 감수성을 가지게 되었다. 때로는 탐욕스럽다고 할 정도로 하이드가 되었을 때 할 모험을 미리 계획하고 그 즐거움을 함께 나누기도 했다.

하지만 하이드는 지킬에게 아무 관심이 없었다. 하이드는 지킬을 단지 나쁜 일을 저질렀을 때 위험을 피하기 위해 숨는 피난처로 여길 뿐이었다.

지킬은 하이드에게 아버지 이상의 관심을 가지고 있었지만, 하이드는 지킬에게 아들보다도 더 무관심했다.

지킬로서 살기로 결심하려면 내가 오랫동안 다른 사람들의 눈을 피해 즐겨 온, 그리고 요즘에는 아예 드러내 놓고 즐겨 온 욕망들을 끊어야 했다.

한편 하이드로 산다는 것은 수천 가지 이익과 성취욕을 포기하고 죽을 때까지 친구 하나 없는 비열한 존재가 되는 것이었다.

이 두 가지는 한쪽이 기우는 걸로 볼 수도 있을 것이다.

하지만 이 두 가지를 저울질할 때 고려할 점이 하나 더 있었다. 그것은 지킬은 뜨거운 화로를 머리에 이고 있는 것 같은 괴로움을 참아 내야 하지만, 하이드는 자신이 뭘 잃었다는 것조차 알지 못한다는 사실이다.

결국 나는 대부분의 사람들처럼 더 선량한 측면을 선택했다. 하지만 그것을 지켜 내는 내면의 힘이 부족했다.

그렇다. 나는 나이 들고 불만도 많지만 친구들에 둘러싸여 선량한 희망을 가슴에 품고 사는 의사를 선택했다.

그리고 내가 하이드의 가면을 쓰고 즐긴 자유, 상대적인 젊음, 가벼운 발걸음, 뛰는 맥박과 은밀한 쾌락 같은 것들과 단호히 작별을 고했다.

이렇게 결정은 했지만 아마 무의식중에는 어느 정도 미련이 남아 있었던 것 같다. 난 소호에 있는 집을 포기하지도 않았고 에드워드 하이드의 옷들도 내 밀실 안에 그대로 남겨 두었기 때문이다.

하지만 두 달 동안 나는 내 결심을 지켰다. 지금까지 살아오면서 그 정도로 엄격하게 욕망을 참은 적은 없었다. 그리고 양심적으로 사는 걸 즐겼다.

그러나 점점 처음 가졌던 결심이 흔들리기 시작했고 흐릿해져 갔다. 양심적인 삶에 대해 사람들이 쏟아 붓는 칭찬도 그저 그런 일이 되었다. 날 더 이상 감동시키지 못했다.

하이드가 자유를 갈망하며 몸부림치는 것처럼 나도 주체할 수 없는 욕망 때문에 괴로워하기 시작했다.

그리고 마침내 도덕심이 약해진 때를 틈타 나는 다시 약을 마시게 되었다.

나는 늘 술꾼이 자신을 변명할 때, 자신이 술에 취해 저지르는 잔인한 행동과 정신을 잃어 처하게 되는 위험에 대해 티끌만큼이라도 생각을 하는지 의문이었다.

그런데 나도 술꾼과 별로 다를 바가 없었다.

내 처지를 고민하긴 했지만 악이라면 자다가도 벌떡 일어날 정도인 에드워드 하이드를 너무 쉽게 보았던 것이다. 내가 결국 벌을 받게 된 것도 바로 이런 하이드의 성격 때문이었다.

내 속에 갇혀서 꼼짝 못 하던 악은 이제 밖으로 뛰쳐나와 사악하게 웃기 시작한 것이다. 약을 들이켜는 순간 난 완전히 고삐 풀린 망아지가 되어 악을 향해서 더욱 미친 듯이 달려갔다.

바로 이 때문에 내 불행한 피해자가 정중하게 말을 걸었을 때에도 나는 참을 수 없는 조급함에 사로잡혀 영혼이 송두리째 뒤흔들렸던 것이다.

신 앞에서 도덕적으로 떳떳한 사람이라면 어느 누구도 끔찍한 범행을 놓고 죄가 없다고 하지 않을 것이다. 화난 아이가 자신이 가지고 놀던 장난감을 부수는 것처럼 나는 그런 마음으로 댄버스 캐류 경을 내려치고 있었다.

난 스스로 약을 마심으로써 내 삶의 균형을 잡아 주는 본성을 다 잃었다. 그래서 가벼운 유혹에도 내 결심은 쉽게 무너졌고 하이드가 날 삼켜 버렸다.

하이드가 날 차지해 버리자 한 대 한 대 칠 때마다 기쁨을 맛보았다. 기쁨에 도취되어 아무 저항도 못 하는 몸을 사정없이 내리쳤다.

흥분의 정점에 이르렀을 때 갑자기 서늘한 공포가 날 덮쳤다. 그 순간 눈과 마음을 가리고 있던 안개가 걷히고 이제 죽음의 형벌을 받아야 한다는 것을 깨달았다.

즉시 난 그 범죄 현장에서 도망쳤고 승리감과 공포감을 함께 느꼈다. 하이드의 악한 본성은 더욱 자극되었고 삶에 대한 욕망은 끝없이 강해져 갔다.

난 소호에 있는 집으로 달려갔다. 만일에 대비하여 서류들을

불태우고 가로등이 켜진 거리로 나왔다.

자신의 범죄에 흡족해 하는 마음으로 앞으로 저지를 또다른 범죄를 궁리하며 발걸음 가볍게 밤거리를 걸었다.

밀실로 돌아온 하이드는 약을 만들며 노래를 흥얼거렸다. 그리고 그것을 마시면서 죽은 사람에 대한 애도의 건배로 삼았다.

몸이 찢기는 듯한 고통의 시간이 지나가고 나는 다시 헨리 지킬이 되었다.

헨리 지킬로 돌아온 나는 후회의 눈물을 흘리며 무릎 꿇고 신 앞에 용서를 빌었다.

그 순간 내가 그동안 살아 온 삶이 떠올랐다. 아버지의 손을 잡고 걷던 어린아이때부터 시작해서 과학자이자 법률학자로서 고생했던 시절과 아직도 현실이라고 믿어지지 않는 그날 밤의 저주스러운 일을 몇 번이나 떠올렸다.

지난 일을 떠올릴수록 소리 높여 비명이라도 지르고 싶은 심정이었다. 참혹한 장면들이 떠올랐고 난 그걸 잠재우기 위해 눈물 어린 기도를 드렸다. 하지만 기도하는 중간 중간에도 하이드의 추한 얼굴이 내 영혼을 비웃듯 바라보고 있었다.

난 마음을 다잡고 결심했다. 이제부터 하이드가 되어서는 안 된다. 내가 원하든 원하지 않든 난 이제 지킬이 되어 사는 수

밖에 없다.

이렇게 마음을 정하고 나니까 기쁨이 밀려왔다.

스스로 자신을 낮추고 새로운 삶에 대한 어려움을 자연스럽게 받아들였다. 결심을 굳게 하고 지금까지 자주 드나들던 문을 잠그고 그 열쇠까지 구두 뒤축으로 밟아 버렸다.

다음 날 뉴스를 통해 하이드가 저지른 범행이 세상에 널리 알려졌다.

죽은 사람은 사회적으로 존경받는 사람이었다.

사건은 단순한 범죄가 아니라 어처구니없는 실수였다.

난 그 사건이 널리 알려진 것은 도리어 잘 된 일이라 생각했다. 교수대의 공포가 날 지킬로 있게 할 것이라고 생각했기 때문이다. 만약 하이드가 고개를 내밀고 바깥을 살피기만 하면 사람들이 끌어 내 죽일 것이었다. 하지만 지킬로 있는 한 난 안전했다. 지킬은 이제 하이드의 도피처가 된 것이다.

그날 이후 난 과거에 대해서 속죄하기로 마음먹었다.

그리고 솔직히 말해 내 결심은 어느 정도 성과도 있었다.

지난 해 마지막 몇 개월 동안 난 가난하고 고통받는 사람들을 위해 온 정성을 쏟았다. 난 어려운 사람들을 위해 살았고 나 자신으로서도 행복한 시간을 보냈다. 자선 활동가로서 깨끗한 삶을 사는 일에 내가 전혀 싫증을 느끼지 않았다는 걸 난 솔직히 말할 수 있다. 차라리 그런 삶을 즐겼다고 할 수 있다.

하지만 내 마음 속에 악의 본성이 사라진 것은 아니었다. 참회하고 반성하는 양심의 칼날이 무뎌지자 마음 속에 가라앉아 있던 하이드가 다시 자유를 부르짖기 시작했다.

또 하이드로 변신하려고 했던 건 아니다. 그건 상상만 해도 미친 짓이었다. 양심을 무시하고 일을 저질러 볼까, 하는 생각은 도리어 지킬의 몸으로 있을 때 생겼다.

다른 사람들의 눈을 피해 죄를 짓는 보통 죄인들처럼 마침내 유혹에 사로잡혔다.

모든 일에는 끝이 있는 법. 아무리 큰 독이라도 붓고 또 부으면 결국은 채워지게 마련이다. 죄의 유혹에 대해 잠깐 항복했던 것이 마침내 내 영혼의 평정을 깨 버리고 말았다. 그럼에도 난 위험에 처해 있다는 생각을 갖지 않았다. 약을 발견하기 전으로 돌아간 것처럼 난 아주 자연스럽게 타락하고 있었던 것이다.

1월의 어느 화창한 날이었다. 서리가 녹아 발밑이 질펀했지만 하늘에는 구름 한 점 없었다. 리전트 공원은 겨울새들이 지저귀는 소리와 봄의 싱그러운 향기로 아늑했다.

난 긴 의자에 앉아서 햇볕을 즐기고 있었다.

하지만 내 안의 사악한 하이드는 달콤한 기억을 되새기며 입맛을 다시고 있었다. 죄악의 기억이 떠오른 후에는 바로 참회했어야 마땅했다. 하지만 내 양심은 꾸벅꾸벅 졸고 있었고 움직일 생각조차 하지 않았다.

마침내 나도 이웃 사람들과 하나도 다를 게 없다는 생각을 했다. 그러자 미소가 떠올랐다. 난 나 자신과 주변 사람들을 비교하기 시작했고 내 적극적인 자선 활동과 주변에 무관심한 그들의 게으름을 비교해 보았다.

잘난 체하고 뽐내며 교만에 빠져든 순간 갑자기 속이 메스꺼워지기 시작했다. 심한 구역질과 감당하기 힘든 오한이 밀려왔다. 그러다 난 그만 정신을 잃고 말았다.

잠시 후 다시 정신이 들자 내 생각과 기분이 달라져 있다는 걸 알게 되었다. 난 엄청나게 대담해져 있었고 위험한 일도 겁나지 않았다.

아래를 내려다보았다. 내 옷은 쭈그러든 몸에 멋없이 걸려 있었고 무릎 위에 놓인 손은 힘줄이 튀어나오고 털이 나 있었다. 난 다시 하이드가 된 것이다.

조금 전까지만 해도 나는 모든 사람의 존경을 받는 부유하고 자신감 넘치는 신사였다. 내가 부르면 언제라도 하인이 달려왔다. 그런데 순식간에 사람들이 잡으려고 혈안이 되어 있는 살인자로 낙인찍혀 교수형 당할 운명으로 바뀌어 있었다.

정신이 없었지만 그렇다고 완전히 무너져 버리진 않았다. 이제까지 여러 번 확인한 것이지만 하이드가 되어 있는 상태에서도 내 능력은 예리했고 내 영혼은 팽팽하게 긴장해 있었다. 그래서인지 지킬이라면 아마 실패할 일이라도, 하이드는 사태가 중대하면 할수록 더 잘 대처했다.

내 약은 밀실의 약장에 들어 있었다.

어떻게 그것을 손에 넣을 것인가? 난 관자놀이를 두 손으로 지그시 문지르며 해결 방안을 궁리했다. 실험실 문은 내가 폐쇄했다. 내가 스스로 집에 들어가려고 한다면 하인들이 날 붙잡아 교수대에 넘길 것이다.

난 누군가 다른 사람의 도움을 받아야 한다는 것을 깨달았다.

그때 떠오른 것이 래니언이었다. 그렇다면 그에게 어떻게 얘기를 해야 하나? 어떻게 설득할지도 문제였다. 길을 가다가 잡히지는 않는다 하더라도, 어떻게 그의 앞에 나타나야 할 것인가? 생전 본 적도 없고 불쾌하게 생긴 불청객인 하이드가 유명한 외과 의사를 설득해서 동료인 지킬 박사의 연구를 도둑

질하게 할 수 있을까?

그때 난 지킬의 모습이 아직 남아 있다는 것을 기억해 냈다. 하이드는 지킬의 글씨체로 글을 쓸 수 있는 것이다.

일단 거기에 생각에 미치자 그 다음은 일사천리로 일을 진행할 수 있었다.

하이드는 가능한 한 덜 이상하게 보이도록 긴 소매와 바지를 접어 입었다. 지나가던 합승 마차를 불러 세워 문득 기억하고 있던 포틀랜드 거리의 한 호텔로 타고 갔다.

하이드가 처한 상황은 비극적이었지만 겉모습은 아주 우스꽝스러웠다. 이런 하이드의 모습에 마부는 웃음을 참지 못하고 소리 죽여 웃기 시작했다.

하이드는 악마 같은 분노에 사로잡혀 그를 보며 이를 부드득 갈았다. 그러자 마부의 얼굴에서 웃음이 사라졌다. 만약 조금만 더 웃었다면 하이드는 그자를 마부석에서 끌어내렸을 것이다. 그러지 않은 게 마부에게도 잘 된 일이었고 하이드에게는 더욱 다행스러운 일이었다.

하이드는 호텔에 들어가 험상궂은 얼굴로 주위를 둘러보았다. 종업원들은 긴장해서 부들부들 떨기 시작했다. 그들은 하이드를 한 번도 똑바로 쳐다보지 못했지만 하이드가 시키는

일은 비굴하다로 할 정도로 잘 따랐다.

종업원들은 하이드를 별실로 안내했고 하이드가 편지 쓰는 데 필요한 모든 것들을 가져왔다.

생명의 위협을 받고 있는 하이드는 내게 정말 생소했다. 주체할 수 없는 분노에 떨며 살인이라도 저지르고 싶은 감정에 휩싸이는가 하면, 다른 사람에게 고통을 안겨 주고 싶은 갈망이 생겼다.

하지만 하이드는 약삭빨랐다. 강한 의지와 노력으로 자신의 분노를 다스리며 래니언과 폴에게 보낼 편지 두 장을 썼다.

편지를 보냈다는 걸 확실히 하기 위해서 등기 우편으로 보내라고 일렀다.

그 후 그는 별실의 벽난로 가에서 손톱을 물어뜯으며 하루 종일 앉아 있었다.

그 자리에서 공포에 휩싸인 채 저녁을 먹었고 그 옆에서 시중을 들던 웨이터는 두려움으로 벌벌 떨며 하루를 보냈다.

마침내 깜깜한 밤이 되었을 때 하이드는 호텔을 나와서는 마차의 구석에 앉아 도시의 거리를 이리저리 돌아다녔다.

'그'는……, 나는 하이드를 '나'라고 부르고 싶지 않다.

그 지옥의 아이는 인간다운 면이 전혀 없었다. 그 안에 존재하는 모든 것은 증오와 두려움이었다.

마침내 마부가 점점 의심하는 눈치를 보이기 시작하자 하이드는 마차에서 내려 대담하게도 걷기 시작했다. 눈에 띌 정도로 황당하게 큰 옷을 걸친 모습으로 밤거리를 거니는 사람들 틈에 숨어들었다. 증오와 두려움이라는 두 가지 감정이 격렬하게 하이드 안에서 소용돌이쳤다. 그는 공포에 사로잡혀 혼잣말을 지껄이며 점점 빨리 걸었다. 사람들이 별로 다니지 않는 길을 숨어 다니며 자정까지 몇 분이나 남았는지 초조해 하며 기다렸다.

그때였다. 내 생각에 한 여자가 하이드에게 성냥 한 갑을 팔려고 말을 걸었던 것 같다. 하지만 하이드가 뺨을 때리자 그녀는 달아나 버렸다.

그날 밤 나는 래니언의 집에서 무사히 지킬로 돌아왔다.

하지만 내가 오랜 친구 래니언에게 얼마나 무시무시한 공포를 주었을까. 그 점을 생각하면 너무 미안한 생각이 든다.

하지만 그가 느꼈던 공포는 내가 느낀 것에 비하면 아무것도 아니었다.

나는 달라져 있었다. 나를 괴롭히는 것은 교수대에 서는 공포가 아니라 하이드가 되어 버리는 것이었다.

난 래니언이 날 비난하는 걸 반쯤 정신이 몽롱한 상태에서 들었다. 그리고 집에 돌아와 곧 잠자리에 들었다.

약에 사로잡혀 하루를 보낸 후였기에 악몽조차 날 깨울 수 없을 정도로 완전히 깊은 잠에 곯아떨어졌다.

이튿날 아침 난 몸이 떨리고 힘이 하나도 없는 상태로 깨어났다. 하지만 기분은 좋았다.

그런데 내 안에 있는 악을 생각하자 다시 두렵고 무서웠다. 그리고 지난 밤의 끔찍한 사건도 되살아났다.

다행히 나는 다시 집으로 돌아왔고 약도 바로 옆에 있었다. 무사히 위기를 벗어난 데 대해 감사함을 느꼈다. 밝은 희망의 빛이 이제 눈앞에 보이는 것만 같았다.

난 아침 식사를 하고 차갑고 신선한 아침 공기를 들이마시며 쉬엄쉬엄 막다른 골목을 가로질러 거닐고 있었다.

그런데 갑자기 하이드로 변신할 것 같은 느낌에 사로잡혔다. 그래서 서둘러 밀실로 피해 돌아왔다. 예상했던 대로 오자마자 몸이 하이드로 변했고 마음은 악으로 가득 찼다.

이번에는 지킬로 돌아오는 데 그 전에 마신 양의 두 배가 필요했다.

아! 그리고 여섯 시간도 채 안 되어서 벽난로를 침울한 기분으로 바라보고 있는데 그 고통스러운 느낌이 다시 찾아왔다. 난 다시 약을 마셔야만 했다.

그날 이후 나는 엄청난 노력을 기울이거나 약을 마신 직후 순간적으로 약효가 나타났을 때만 지킬로 남아 있을 수 있었다.

밤낮을 가리지 않고 몸이 찢어지는 듯한 고통이 밀려왔고 그러다 정신을 차리면 하이드로 바뀌어 있었다. 특히 잠들거나 안락 의자에 앉아 잠시 졸기라도 하면 순식간에 하이드로 깨어나는 것이었다.

나는 어떻게든 잠을 자지 않으려고 애를 썼다. 인간으로서 견딜 수 없을 정도로 잠을 자지 않기 위해 참았다.

수면 부족과 스트레스로 인해 내 몸과 마음은 맥없이 약해져 열병을 앓았다.

내 머릿속에는 한 가지 생각밖에 없었다.

그것은 바로 하이드에 대한 공포였다.

내가 잠들었을 때라든가 약효가 다 떨어졌을 때에는 거의 변신이라고 할 것도 없이 하이드로 바뀌었다.

변할 때 몸이 찢어지고 뼈가 으스러지는 듯한 고통도 날이 갈수록 덜해졌다. 하이드의 힘은 지킬이 약해져 있을 때 더욱 강해지는 것 같았다.

지킬과 하이드를 갈라놓는 증오도 지금은 서로 거의 비슷한 것 같았다.

　　지킬이 하이드를 미워하는 것은 생존 본능이었다. 지킬은 자신의 일부이기도 해서 죽음까지 함께 할 운명 공동체인 하이드가 완전히 악의 존재라는 걸 똑바로 알게 되었다.

　　그가 저지르는 범죄 때문에 무시무시한 공포를 느꼈다. 그런 하이드와 한 몸이라는 사실이 그를 괴롭히고 절망에 빠뜨렸다. 하이드를 생각할 때마다 저승사자가 떠올랐다. 지킬에게는 정말 충격적인 일이었다. 형체도 없는 존재인 사악한 하이드가 생명의 온기가 깃든 지킬을 강탈하는 것이다. 지킬이 약해지거나 잠이 들 때마다 하이드는 그를 덮쳐서 그의 생명력을 빼앗아 버리는 것이다.

　　한편 하이드가 지킬을 증오하는 것은 지킬의 경우와는 달랐다. 그는 교수형에 처해지는 것을 두려워하며 위험한 순간마다 지킬이 되어 위기를 모면했다. 완전한 존재로 행세하는 대신 지킬의 일부분으로 돌아갔다. 지킬의 육체에 자신을 숨겼다. 하지만 그는 그래야만 하는 자신의 처지가 싫었다.

　　그리고 자신이 지킬로부터 미움을 받고 있다는 게 화가 났다. 그래서 하이드는 지킬이 아끼는 책에다 신을 모독하는 글을 휘갈기고, 편지를 불태우고, 아버지의 초상을 찢는 등 불량한 짓을 했다.

그가 죽음을 두려워하지 않았다면, 그는 나를 파멸의 구렁텅이에 끌어들이기 위해 벌써 자기 자신을 던졌을 것이다. 하지만 그의 삶에 대한 집착은 놀라울 정도로 강했다.

조금 더 자세히 말하겠다. 나는 그를 생각하기만 해도 몸이 아프고 오싹해진다. 하지만 그가 이렇게 내게 붙어 있는 비굴함과 열정을 생각할 때 그가 안됐기도 하다. 그리고 불쌍해진다. 내게는 자살로 그를 끝장내 버릴 수 있는 힘이 있고, 그걸 아는 그가 지금 무척 두려워하고 있기 때문이다.

이제 더 이상 기록을 남기는 것은 의미도 없고 시간도 없다. 이제껏 아무도 나 같은 고통을 겪은 사람은 없었다. 그걸로 설명이 충분할 것이다. 고통은 나의 영혼을 절망에 항복하게 만들었다. 절망에 대해서도 어느 정도 체념하게 되었다.

하지만 지금 이 마지막 순간에 내게 닥쳐온 재앙, 결국 하이드로 변신한 채 살아가야 하는 이 끔찍한 재앙은 몇 년을 끌 수도 있을 것이다.

그런데 내가 가지고 있는 첨가제가 이제 바닥을 드러내고 있다. 첫 실험을 할 때부터 지금까지 계속 같은 것을 썼었는데

이제 다 없어진 것이다.

난 새로 첨가제를 사 오도록 했고, 그걸 써서 약을 만들어 보았다. 부글부글 끓어오르는 첫 번째 단계는 잘 진행됐다. 첫 번째로 나타나야 할 색깔은 보였는데 두 번째 색깔을 띠지 못했다. 그걸 마셔 보았지만 아무런 효과가 없었다. 난 폴에게 런던을 다 뒤지고 다니게 했다.

하지만 그것도 다 소용 없었다.

그걸 보면서 내린 결론은 내가 처음에 사용하던 첨가제에 미량의 불순물이 섞여 있었다는 것이다. 그리고 그게 바로 약이 효과를 발휘하게 만들었던 불순물인 것이다.

거의 1주일이 지났다. 난 지금 원래 쓰던 첨가제를 가지고 만든 마지막 약의 도움으로 이 글을 끝내고 있다. 그러니까 헨리 지킬이 자신의 머리로 생각할 수 있는 것도, 자신의 얼굴을 거울에 비춰 보는 것도 더 이상 기적이 없다면 이게 마지막이다. 이제는 더 이상 기록을 남기는 걸 멈춰야 할 시간이다. 이 기록이 지금까지 온전하게 남아 있을 수 있었던 것도 내가 세심한 주의를 기울이고 아주 운이 좋았기 때문이다.

내가 이 기록을 남기는 중에 변신의 고통이 날 삼키면 하이드는 이걸 갈기갈기 찢어 버릴 것이다. 하지만 기록을 남기고 얼마간 시간이 흐른 후에 하이드로 변한다면 그는 놀랄 만큼 이기적이어서 당장 처한 상황밖에는 생각하지 않는다. 그러면 그의 악한 짓으로부터 다시 한 번 위험을 피할 수 있을 것이다.

지금으로부터 30분 후면 난 혐오스러운 하이드로 다시 한 번, 아니 영원히 바뀌어 있을 것이다. 난 아마 몸을 떨며 의자에 앉아서 울먹이고 있을 것이다. 아니면 불안과 공포에 사로잡혀 지구상에서 내 마지막 피난처인 이 방에 누가 들어오지나 않을까 걱정하며 서성이고 있을 것이다.

하이드는 형장의 이슬로 사라질 것인가, 아니면 마지막 순간에 자살을 하는 용기를 낼 것인가? 이건 오직 신만이 알 것이다.

어떻게 되든 난 이제 상관없다. 지금이 내가 정말로 죽는 시간이니까. 그 다음에 닥칠 일은 나와는 아무 상관이 없다. 그러므로 이제 펜을 내려놓고 내 고백을 밀봉하겠다.

이로써 불행한 헨리 지킬의 삶은 끝을 맺는다.

● 이해 능력 Level Up!

1. 다음은 이 작품에 나오는 인물에 대한 묘사입니다. 누구를 말하고 있나요?

> 친구들과 와인을 마실 때 그의 눈빛은 늘 조용하고 더없이 따뜻했다.
> 그는 항상 자신의 감정과 욕망을 억누르는 절제된 생활을 했다.

    1) 지킬 박사   2) 래니언   3) 어터슨 변호사

    4) 게스트   5) 댄버스 캐류 경

2. 친구이자 동료인 헨리 지킬과 래니언 박사의 사이가 멀어진 이유는 무엇인가요?

    1) 지킬이 어터슨과 더 가깝게 지냈기 때문에

    2) 지킬이 유언장을 어터슨에게 맡겼기 때문에

    3) 래니언 박사가 괴이한 병에 걸렸기 때문에

    4) 지킬이 비과학적이고 황당무계한 소리를 했기 때문에

    5) 지킬이 먼저 연락을 끊고 만나 주지 않기 때문에

3. 어터슨 변호사는 언제 처음으로 하이드의 존재에 대하여 알게 되었나요?

    1) 지킬 박사가 맡긴 유언장을 읽었을 때

    2) 친척인 인필드와 산책할 때

3) 래니언이 남긴 편지를 읽었을 때

4) 폴과 함께 밀실의 문을 부수고 들어갔을 때

5) 지킬이 남기고 간 글을 읽었을 때

4. 다음에서 보는 것처럼 어터슨은 하이드를 몰래 지켜보았습니다. 그를 표현한
   말로 알맞은 것은 무엇인가요?

그날 이후로 어터슨은 가게들이 줄지어 늘어선 좁은 길의 그 문 주위를 서성이기 시작했다. 변호사 사무실 문을 열기 전 이른 아침이나 점심 시간, 너무 바빠 시간을 낼 수 없을 때면 한밤중에라도 어터슨은 그 골목을 찾아왔다. 인적이 드문 시간이든 아니면 사람들로 북적대는 한낮이든 어터슨은 항상 그 문이 잘 보이는 곳에 서서 문을 노려보았다.

1) 은둔자   2) 탐험자   3) 위선자

4) 탐정   5) 탐색자

5. 하이드의 모습을 묘사한 것으로 맞지 않는 것은 무엇인가요?

   1) 창백하고 난쟁이처럼 오그라든 사내이다.

   2) 이상하리만큼 대담한 태도를 가졌다.

   3) 약간 갈라진 쉰 목소리를 낸다.

   4) 키가 크고 우람한 체격에 손가락이 하얗고 길다.

   5) 소름이 돋게 하는 소리로 웃는다.

6. 다음은 변호사 어터슨과 인필드가 나누는 대화입니다. 그들이 대화를 나누는
   장소는 어디인가요?

인필드와 어터슨 변호사가 막다른 골목
어귀에 다다랐을 때였다.
인필드는 지팡이를 들어 문을 가리키며 말했다.
"저 문 본 적 있으세요?"
어터슨이 고개를 끄덕이자 인필드가 계속 말을 이었다.
"저 문만 보면 예전에 일어났던 이상한 일이 생각납니다."
"그래? 무슨 일이?"
어터슨이 호기심 어린 목소리로 묻자 인필드가 이야기를 시작했다.

1) 지킬 박사의 집 앞

2) 어터슨의 집 앞

3) 댄버스 캐류 경의 살인 사건이 일어난 거리

4) 소호 거리에 있는 하이드의 집 앞

5) 지킬 박사의 실험실이 있는 골목

7. 다음은 지킬 박사의 집사인 폴이 어터슨에게 말하는 내용입니다. 종이에는
   어떤 내용이 적혀 있었나요?

"저 밀실 안에 있는 자가 누구인지 모르지만 종이를 계단에 던져
놓았습니다. 물론 박사님도 때때로 종이에 써서 계단에 던져
놓고는 했지요. 하여튼 지난 주 내내 종이쪽지와 굳게 닫힌 문
외에는 아무것도 볼 수 없었어요. 하인들이 날라다 놓은 음식은
아무도 보지 않을 때 갖고 들어갔습니다. 매일, 아니 하루에도
두서너 번씩 계단 위에 종이쪽지만 놓여 있었습니다."

1) 약품을 구해 오라는 내용

2) 포도주를 사오라는 내용

3) 마스크를 갖다 달라는 내용

4) 가까이 오지 말라는 내용

5) 의사를 불러 오라는 내용

8. 지킬이 약을 마신 다음에 겪는 증세가 아닌 것은 무엇인가요?

1) 뼈가 으스러지고 바늘로 콕콕 쑤시는 통증을 느낀다.

2) 고삐 풀린 망아지처럼 욕망이 몸을 사로잡는다.

3) 체격이 커지고 힘이 세진다.

4) 젊어진 느낌에 몸이 가벼워진다.

5) 술을 마신 것처럼 기분이 좋아진다.

9. 지킬 박사는 나중에 실험실에 틀어박혀 한 발자국도 나오지 않았습니다. 지킬 박사가 그렇게 행동한 이유는 무엇인가요?

1) 실험에만 열중하고 있었기 때문이다.

2) 이상한 병에 걸려 모습이 흉측하게 변했기 때문이다.

3) 약을 먹지 않아도 자꾸 하이드로 변했기 때문이다.

4) 친구들과 사이가 좋지 않았기 때문이다.

5) 약의 효과를 보려면 햇빛을 보지 말아야 했기 때문이다.

10. 지킬 박사는 하이드로 변신할 것에 대비해 여러 가지 준비를 했습니다. 다음 중 내용과 다른 것은 어느 것인가요?

1) 소호에 있는 집을 사서 가구를 들여놓았다.

2) 말이 없고 양심 같은 건 신경 쓰지 않는 가정부들을 들여놓았다.

3) 하인들에게 하이드의 생김새에 대하여 이야기해 주었다.

4) 하이드에게 재산을 물려 준다는 유언장을 작성했다.

5) 어터슨에게 하이드를 잘 돌보아 달라고 부탁했다.

11. 하이드가 다시 지킬 박사로 돌아오려면 어떻게 해야 했나요?

    1) 하룻밤 잠을 자야 한다.

    2) 다시 물약을 마셔야 한다.

    3) 햇빛을 보지 말아야 한다.

    4) 나쁜 일을 해야 한다.

    5) 어렵고 가난한 사람들을 찾아 선행을 베풀어야 한다.

12. 지킬과 하이드는 모든 면에서 반대였지만 한 가지 공통점을 가지고
    있었습니다. 그것은 무엇인가요?

    1) 키가 큰 체격   2) 기억력

    3) 얼굴 생김새   4) 갈라지고 쉰 목소리

    5) 약을 좋아하는 것

13. 다음은 지킬 박사가 남긴 유언장의 일부입니다. 이 중 래니언의 편지에도
    똑같이 씌어 있어서 어터슨을 바짝 긴장시킨 말은 무엇인가요?

> 의학 박사이자 법학 박사이며 왕립 협회 회원인 헨리 지킬이 사망할 경우,
> 그 모든 재산을 '친구이자 상속자인 에드워드 하이드'에게 넘겨 준다.
> 뿐만 아니라 지킬 박사가 사라지거나 3개월 이상 아무 단서 없이 집을 비웠을
> 경우에도 에드워드 하이드는 헨리 지킬로부터 모든 것을 상속받는다.

    1) 모든 재산을 하이드에게 넘겨준다.

    2) 헨리 지킬이 사망할 경우

    3) 지킬 박사가 사라지거나

    4) 일하는 사람들에게 지불하는 월급을 제외하고는

5) 아무런 의무나 부담도 질 필요가 없다.

14. 지킬 박사는 변신에 필요한 약을 더 만들려고 했지만 실패했습니다. 그 이유는 무엇인가요?

　　1) 래니언 박사의 반대가 심했으므로

　　2) 폴과 어터슨이 밀실을 부수고 들어와 말렸으므로

　　3) 약을 만드는 방법이 적혀 있는 실험용 노트를 잃어버려서

　　4) 약을 만들 때 썼던 약품 성분과 똑같은 약품을 구할 수 없어서

　　5) 하이드가 약을 만들지 못하도록 방해해서

15. 다음 중『지킬 박사와 하이드 씨』의 내용과 맞지 않는 것은 무엇인가요?

　　1) 래니언 박사는 지킬 박사가 어터슨에게 유산을 물려주기로 한 것에 화가 났다.

　　2) 래니언 박사와 지킬, 어터슨은 오래 된 친구 사이다.

　　3) 하이드는 약을 먹고 지킬 박사로 변했다.

　　4) 래니언 박사는 지킬의 비밀을 알게 된 후 충격과 공포로 죽는다.

　　5) 지킬이 점점 더 하이드로 자주, 그리고 쉽게 변했다.

● 논리 능력 Level Up!

1. 다음은 지킬이 쓴 유언장의 내용입니다. 지킬이 다음과 같이 유언장을 쓴 이유는 무엇인가요?

의학 박사이자 법학 박사이며 왕립 협회 회원인
헨리 지킬이 사망할 경우, 그 모든 재산을 '친구이자
상속인인 에드워드 하이드'에게 넘겨 준다.
뿐만 아니라 지킬 박사가 사라지거나 3개월 이상
아무 단서 없이 집을 비웠을 경우에도 에드워드
하이드는 헨리 지킬로부터 모든 것을 상속받는다.
에드워드 하이드는 지킬 박사의 집에서 일하는 사람들에게
지불하는 월급을 제외하고는 아무런 의무나 부담도 질 필요가 없다.

2. 다음은 하이드가 보냈다면서 지킬 박사가 어터슨 변호사에게 내민 편지입니다.
   지킬은 어터슨에게 왜 이 편지를 보여 준 것일까요?

그동안 은혜를 베풀어 주신 지킬 박사님께 폐를 끼쳐 미안하
게 생각합니다.
저는 다른 사람들로부터 벗어나 안전한 장소에 있습니다.
그리고 여기서도 위험하다 싶으면 언제든 도망칠 방법이 마련
되어 있으니 걱정하지 마시기 바랍니다.

3. 어린아이 가족과 사건을 마무리한 후, 지킬은 에드워드 하이드의 이름으로 또
   다른 은행에 계좌를 열었습니다. 하이드를 위해 지킬이 서명할 때 사용한
   방법은 무엇인가요?

_____

_____

_____

4. 다음은 폴이 어터슨에게 말한 내용입니다. 폴은 '그자'를 누구라고 믿고
   있었나요?

> "제가 정원에서 원형 강의실로 갑자기 들어섰지요. 밀실 문이 열려 있었던
> 것으로 봐서 그자가 약품인지 뭔지를 보려고 슬그머니 밖에 나왔었던 것
> 같습니다. 그자는 강의실 안쪽에서 나무상자를 뒤지고 있었어요. 내가 강의실에
> 들어선 걸 보고는 그자가 괴성을 질렀습니다. 그러고는 계단을 막 올라가 밀실
> 안으로 사라졌습니다. 아주 잠깐 동안 본 것이었지만 머리카락이 쭈뼛쭈뼛
> 곤두설 정도로 소름이 돋았습니다. 선생님, 만약 그게 주인님이었다면 왜
> 얼굴에 마스크를 하고 있었겠습니까? 고양이처럼 괴성을 지른 것도 말이 안
> 되고요. 제게서 도망칠 이유도 없지 않습니까? 제가 주인님을 한두 해 모신
> 것도 아닌데……."

_____

_____

5. 하이드는 다른 사람들에게 소름이 돋게 할 정도로 공포감을 주는 외모를 하고 있었습니다. 지킬 박사는 그 이유를 무엇이라고 설명하고 있나요?

6. 다음은 래니언 박사가 털어놓은 이야기의 일부분입니다. 무엇에 대한 설명인가요?

> 그는 빨간색 용액을 눈금에 맞추어 따르고 가루약 봉지 하나를 털어 넣었네. 실린더 안의 액체가 처음에는 불그스레한 빛이 나더니 결정들이 녹기 시작하자 점차 맑아지더군. 그러다가 갑자기 부글부글 소리와 함께 기포가 생기며 조금씩 증기가 뿜어 나오기 시작했다. 기포가 멎자 용액이 짙은 자주색이 되더니 시간이 감에 따라 조금씩 연보라색으로 바뀌었어.

7. 실험실 안에 있는 지킬 박사는 가장 신뢰하고 있는 어터슨도 만나 주지 않았습니다. 그 이유는 무엇인가요?

8. 어느 화창한 날 지킬 박사는 공원에서 햇볕을 즐기다 갑자기 하이드로 변신했습니다. 그는 살인자로 낙인찍혀 교수형을 당하지 않으려면 밀실에 있는 약을 손에 넣어야만 했습니다. 하지만 실험실은 그 자신이 폐쇄한 상태였습니다. 다시 지킬로 돌아오려면 약을 만들어야 했고, 그러려면 누군가의 도움을 받아야만 했습니다. 그 때 누구에게 도움을 요청했나요?

9. 풀과 어터슨이 밀실 문을 부수고 들어가자 방 한가운데에 심하게 뒤틀린 남자가 쓰러져 있었습니다. 손에는 깨진 약병이 쥐어져 있었고 목숨은 완전히 끊어져 있었습니다. 이 남자는 누구였나요?

10. 다음에서 보는 바와 같이 지킬 박사는 약을 만드는 데 실패했습니다. 실패한 원인은 첨가제에 무엇이 없었기 때문인가요?

그런데 내가 가지고 있는 첨가제가 이제 바닥을 드러내고 있다. 첫 실험을 할 때부터 지금까지 계속 같은 것을 썼었는데 이제 다 없어진 것이다. 난 새로 첨가제를 사 오도록 했고, 그걸 써서 약을 만들어 보았다. 부글부글 끓어오르는 첫 번째 단계는 잘 진행됐다. 첫 번째로 나타나야 할 색깔은 보였는데 두 번째 색깔을 띠지 못했다. 그걸 마셔 보았지만 아무런 효과가 없었다.

1. 다음에서 보는 것처럼, 지킬 박사는 부유한 집안에서 태어나 유명한 의학 박사로 성공하여 명예를 얻었지만 성격적인 결함이 있었습니다. 그것은 무엇이고, 그 때문에 그는 어떻게 행동했는지 써 보세요.

나는 18XX년에 매우 부유한 집안에서 태어났다. 영리하고 부지런한데다 선하기까지 해서 언제나 주위 사람들의 칭찬을 들으며 성장했다. 그러니 어느 면으로 보나 밝은 앞날이 약속되어 있는 사람이었다. 하지만 내게는 큰 결점이 있었다.

_____

_____

_____

_____

_____

_____

2. 다음에서 보는 것처럼 지킬은 인간이 가진 두 가지 본성을 분리할 수 있는
   약물을 만들었습니다. 그가 이런 약품을 만든 이유는 무엇인지 써 보세요.

> 어느 순간부터 과학적 연구를 할 때에도 나는 신비롭고 초자연적인 것을 추구하기
> 시작했고, 하나 둘 밝혀 나가기 시작했다.
> 나는 이 과정에서 인간은 하나가 아니라 둘이라는 사실을 깨달았다. 다시 말해
> 인간은 한 사람이 아니라 두 사람이라는 것을 알게 되었다.
> (중략)
> 나는 실험을 하던 중에 선과 악을 분리시키는 문제에 대한 해답을 얻기 시작했다.
> 내가 실험하던 어떤 약품에서 육체라는 겉옷을 뒤흔들다 벗겨 버리는 힘이 발견된
> 것이다. 마치 바람이 몰아쳐서 천막이 흔들리다 날아가는 이치와 비슷했다.

3. 다음은 문 앞에서 인필드가 어터슨에게 말하는 내용입니다. 이를 통해
   인필드는 어떤 성격의 사람이라고 할 수 있을까요?

> "이 집에 대해서 그 사람에게 물어 본 일은 없나 보군. 안 그래?"
> "네. 저는 질문을 많이 하는 사람이 아니어서요. 꼬치꼬치 캐묻는 판검사 행세를 할
> 수는 없는 일 아닙니까. 일단 질문을 하나 하기 시작하면 그게 꼬리에 꼬리를
> 물거든요. 산꼭대기에 조용히 앉아 있다고 한번 상상해 보십시오. 돌 하나가 굴러
> 내려가기 시작합니다. 그게 다른 돌을 쳐서 굴러 떨어지는 돌이 점점 많아지죠.
> 그리고 오래지 않아 한평생 걱정 없이 살아 온, 한 점잖은 노인이 자신의 뒤뜰에서
> 굴러 내려온 돌에 머리를 맞는 겁니다. 그 가족은 사람들이 수군대는 걸 피하기 위해
> 이름까지 바꿔야 할지도 모릅니다. 그럴 수는 없는 일이지요. '수상쩍을수록 묻는
> 것을 삼가라.' 이게 제가 굳게 믿고 지키며 살아가는 신조지요."

4. 지킬 박사와 지킬 박사가 약을 먹고 변신한 하이드를 같은 사람이라고 할 수 있을까요? 그렇다면(혹은 그렇지 않다면) 그 이유는 무엇인가요?

5. 다음 편지에서 보는 것처럼 지킬 박사는 약품을 구하려고 발버둥쳤지만 그 약품을 구하는 데 실패했습니다. 만약 성공했다면 어떻게 되었을지 자신의 생각을 펼쳐 보세요.

모우 상회 귀하
수고가 많으십니다.
지난번에 구입한 약품은 불순물이 섞여 있어서
제가 현재 하고 있는 실험에는 쓸 수가 없습니다.
18XX년에 저는 모우 상회에서 대량으로
약품을 구입한 적이 있는데, 그 제품이 있는지 확인
해 주시고 발견하시는 대로 집사 편에 보내 주십시오.
값은 얼마라도 지불하겠습니다.
그 약품이 얼마나 중요한지는 말로 다 할 수 없습니다.
조금이라도 제발 부탁입니다. 꼭 그 제품이어야 합니다.

6. 하이드의 죽음은 과연 자살일까요, 아니면 타살일까요? 그리고 그렇게 생각
   하는 이유는 무엇인가요?

7.이 작품에서 지킬 박사는 약을 마시면 전혀 다른 사람인 하이드로 변신합니다.
   이런 일이 이야기 밖의 현실에서도 일어날 수 있다고 생각하는지, 아니면 전혀
   불가능한 일이라고 생각하는지 이유를 들어 자신의 의견을 글로 써 보세요.

8. 다음은 지킬 박사가 죽기 전에 잘못을 뉘우치고 어터슨에게 고백한
   내용입니다. 지킬 박사의 이런 행동을 보면서 느낀 점을 써 보세요.

지금으로부터 30분 후면 난 혐오스러운 하이드로 다시 한 번, 아니 영원히 바뀌어 있을 것이다. 난 아마 몸을 떨며 의자에 앉아서 울먹이고 있을 것이다. 아니면 불안과 공포에 사로잡혀 지구상에서 내 마지막 피난처인 이 방에 누가 들어오지나 올까 걱정하며 서성이고 있을 것이다. 하이드는 형장의 이슬로 사라질 것인가, 아니면 마지막 순간에 자살을 하는 용기를 낼 것인가? 이건 오직 신만이 알 것이다.

어떻게 되든 난 이제 상관없다. 지금이 내가 정말로 죽는 시간이니까. 그 다음에 닥칠 일은 나와는 아무 상관이 없다.

그러므로 이제 펜을 내려놓고 내 고백을 밀봉하겠다.

이로써 불행한 헨리 지킬의 삶은 끝을 맺는다.

9. 선과 악에 대해서는 오래 전부터 여러 의견이 있어 왔습니다. 대표적인 것으로는 성선설과 성악설이 있습니다. 성선설을 주장하는 사람들은 인간은 선하게 태어나지만 환경 때문에 악한 행동을 하게 된다고 주장합니다. 반면에 성악설은 사람은 악하게 태어나기 때문에 선하게 살려면 끊임없이 교육을 받아야 한다고 주장합니다. 어느 쪽이 옳다고 생각하는지, 이유를 들어 의견을 써 보세요.

풀이

이해 능력 Level Up!

1. 3)	2. 4)	3. 1)	4. 5)	5. 4)
6. 4)	7. 1)	8. 3)	9. 3)	10. 5)
11. 2)	12. 2)	13. 3)	14. 4)	15. 1)

논리 능력 Level Up!

1. 무슨 일이 생길 경우, 또 다른 자신인 하이드가 재산을 물려받도록 하기 위해

2. 어터슨을 안심시키기 위해서

3. 손을 약간 세워서 서명함

4. 하이드

5. 100퍼센트 악으로만 된 존재여서

6. 하이드로 변신하고 지킬 박사로 다시 돌아올 때 마시는 약물

7. 하이드로 변신하는 모습을 보게 될까 봐

8. 래니언 박사

9. 하이드

10. 불순물

논술 능력 Level Up!

1. 예시 : 지킬은 쉽게 죄악의 유혹에 빠지는 성격이었다. 그리고 남들 앞에서 점잖은 체하고 젠체하고 싶은 오만한 성격도 함께 가지고 있었다. 그는 자신이 그렇게 쉽사리 유혹에 빠져들 수 있다는 사실이 불만이고 싫었다. 그래서 자신의 욕망을 숨기기 시작했다. 실제로는 쉽게 죄악의 유혹에 빠져들면서도 겉으로는 근엄하고 오만한 얼굴로 이중 생활을 했다. 보통 사람들 같으면 아무렇지도 않게, 혹은 자랑스럽게 떠벌리며 이중 생활을 했을지도 모른다. 하지만 완벽함을 추구하는 성격인 지킬은 이중 생활을 하는 자신이 수치스러웠다. 고민에 빠진 지킬은 인간의 두 가지 본성인 선과 악에 대하여 심각하게 생각하여 둘을 분리할 수 있는 방법을 연구하게 되었다.

2. 예시 : 지킬은 마음 속에서 늘 티격태격 다투는 두 가지 본성인 선과 악을 과학의 힘으로 떼어 내 서로 다른 육체에 살게 할 수 있다면 인생에서 견디기 힘든 고통이 훨씬 줄어들 것이라도 생각했다. 악은 선에 얽매이지 않고 마음껏 악의 길을 갈 것이고, 선은 악의 유혹에 시달리지 않고 마음껏 옳은 길을 안전하게 걸어갈 수 있을 거라고 믿었다. 선은 착한 일을 하며 즐거움을 느낄 것이고, 더 이상 악의 유혹을 받아 부끄럽고 후회되는 일을 하지 않을 것이라고 생각했다. 한 마음 속에 있으면서 끊임없이 서로 싸우게 하는 것보다는 그 편이 우리 인간이 훨씬 자유롭고 평화롭게 살 수 있는 방법이라고 생각했다. 그래서 약품 개발에 힘을 쏟았고 약을 만드는 데도 성공했다.

3. 예시 : 인필드는 남에 대한 관심과 호기심을 스스로 억제하려고 노력하는 사람으로 보인다. 인필드가 든 예에서도 볼 수 있듯이 지나친 관심과

호기심이 상대에게 안 좋게 작용할 수도 있다. 처음에는 단순한 궁금증으로 시작할지 몰라도 관심이 깊어지다 보면 당사자를 어려움에 빠뜨리고 희생자로 만들 수도 있다. 우리는 요즘 인터넷상에서 그런 예를 쉽게 볼 수 있다. 그런데 인필드는 남에게 질문하는 것은 삼갔을지 몰라도 남에 대한 관심과 호기심을 그렇게 잘 조절하는 사람 같지는 않다. 그 스스로 말했듯이 입이 헤프고, '이 집에 대해서는 제가 좀 더 알아본 게 있습니다.', '그는 지금도 열쇠를 가지고 있습니다. 며칠 전에도 그가 열쇠로 문을 열고 들어가는 걸 제가 두 눈으로 똑똑히 보았으니까요.', '이 집이 바로 지킬 박사의 집으로 이어지는 뒷문이란 걸 그 때는 제가 몰랐지요. 바보 같죠?'란 말에서 나타나듯 이후에도 하이드에 관심과 호기심을 끊지 않는 걸 보면 말이다.

4. 예시 : 약을 먹고 변신한 하이드가 지킬 박사라고는 생각하지 않는다. 하이드는 지킬 박사의 마음 속에 있는 악만을 분리해 낸 인물이다. 선과 악이 뒤섞여 있는 원래 지킬 박사의 모습이 아니니까 지킬 박사라고 할 수 없다. 약에 의해서 인위적으로 변형된 인물을 그 원래 그 사람이라고 할 수는 없으니까. 하지만 하이드가 지킬 박사가 아니라고 해서 완전히 자유롭지만은 않다. 하이드는 지킬 박사로부터 나왔으니 책임을 벗어날 수 없다. 그러니까 하이드는 지킬 박사가 아니면서 동시에 지킬 박사라고 할 수 있다. 만약 그렇지 않다면 지킬 박사도 하이드 때문에 그렇게 괴로워하고 고통을 겪지 않았을 것이다.

5. 예시 : 지킬 박사가 약품을 구했다면 그 순간은 원하는 대로 하이드에서 지킬로 돌아왔을 것이다. 그런데 책 내용을 보면 날이 갈수록 지킬 박사로

돌아오는 게 힘들고 어렵다고 되어 있다. 두 배, 세 배로 먹어야 돌아올 수 있고, 그것도 오래 가지 못했다고 한다. 약을 먹지 않아도 깜박 졸거나 자고 일어나면 하이드로 변해 있었다고 되어 있다. 그러니까 약품을 구했다 해도 결국에는 지킬로 돌아와 살기는 힘들었을 것이고, 자꾸만 하이드로 변신하는 자신 때문에 괴롭고 고통스러워, 끝내는 죽음을 택했으리라고 생각한다.

6. 예시 : 하이드는 지킬 박사의 원래 모습은 아니더라도 지킬 박사에게서 비롯된 인물이다. 지킬 박사는 아니지만 완전히 지킬 박사가 아니라고 단정할 수 없다. 그러니까 하이드의 죽음은 자살이면서 타살이라고 할 수 있다. 그런데 하이드가 죽은 후에 지킬 박사는 더 이상 이 세상에 존재하지 않았다. 그리고 자신의 한 부분인 하이드 때문에 지킬 박사는 고민하고 고통스러워하다 끝내 죽음의 길을 택했다. 그런 점을 생각하면 하이드의 죽음은 지킬 박사의 자살이라고 보는 게 더 타당할 것 같다.

7. 예시 : 가능한 일이라고 생각한다. 과학은 지금 이 순간에도 무서운 속도로 발전하고 있고 전에는 생각하지 못한 일들이 과학의 발전으로 인해 현실이 되어 가고 있다. 동물 복제는 물론 이제 인간 복제도 그리 먼 일이 아닌 세상에 우리는 살고 있지 않은가. 다 아는 것처럼 복제는 본디의 것과 똑같이 만들어 내는 것을 말한다. 그것에 견주어 볼 때 약을 먹어 다른 성격으로 변신하는 것은 그리 어려운 일이 아닌 것처럼 보인다. 과학적으로만 볼 때는 충분히 가능한 일처럼 보인다. 하지만 그런 일이 현실이 될 때는 이 작품에서 보다시피 예기치 못했던 상황과 고통이 우리 인간을 괴롭힐 것이다.

8. 예시 : 인간은 누구나 마음 속에 선과 악을 가지고 있다고 믿는다. 그래서

이중적인 모습을 보일 때가 있고, 또 그로 인해 고민하고 괴로워하는 것도 사실이다. 어찌 보면 선과 악이 뒤섞여 늘 다투는 게 조물주에게서 받은 인간의 자연스러운 상태인지도 모른다. 그런데 지킬은 지나친 결벽성과 완벽함을 추구하는 성격으로 그를 분리하고자 했고 결국 약을 만들어 내는 데도 성공했다. 하지만 그로 인해 전보다 더 큰 괴로움과 고통을 안게 되었고 결국에는 자살까지 하게 되었다. 이를 보면서 지나친 결벽성과 완벽을 추구하는 성격이 좋은 건 아니라는 생각을 하게 되었다. 동시에 선과 악을 함께 지닌 인간은 늘 고민하면서 살아가야 하는 존재이고 마음속에 있는 악을 다스리며 선하게 살려고 끊임없이 노력해야 한다는 걸 깨달았다. 그렇게 해야만 함께 어울려 사는 우리들의 행복과 안녕이 지켜지기 때문이다.

9. 예시 : 인간은 선하게 태어나는 것도 악하게 태어나는 것도 아닌 것 같다. 어린아이를 보더라도 방긋방긋 선하게 웃는 모습과 남에게 피해를 주고 괴롭히고 짜증내고 하는 모습을 함께 지니고 있다. 어른들도 마찬가지이다. 착한 어른이 있고 그렇지 않은 어른도 있다. 또 한 사람을 지켜보더라도 어느 때는 선하고 어떤 때는 악한 모습을 보인다. 그리고 같은 환경에 있는 사람도 살아가는 모습이 다르다. 어떤 사람은 좋지 않은 환경에서도 곧게 자라고 또 어떤 사람은 범죄를 저지른다. 또 성악설을 믿는 사람들은 선하게 살려면 끊임없이 교육을 받아야 한다고 주장하는데, 교육받은 사람이 다 선한 것도 아니다. 교육받은 만큼 더 교묘하게 남을 해쳐 자기 이득을 취하는 경우도 적지 않다. 이 모두를 종합해 볼 때, 인간은 선하게 태어나지도 악하게 태어나지도 않는 것 같다. 이 작품에서처럼 선과 악을 함께 가지고 있고, 선과 악이 서로 끊임없이 싸우고 있다는 게 맞는 것 같다. 악을 억제하고 조절하는 데 성공하면 선하게 보이고 그렇지 못하면 악하게 보이는 것이 아닐까? 선과

악을 함께 가지고 있다는 것을 인정하면 마음가짐도 새로워진다. 마음먹고 행동하기에 따라서 선하게도 되고 악하게도 되니 책임감을 가지고 더 잘 살아야겠다고 다짐하게 된다. 또 선과 악을 함께 가진 존재라는 걸 인정하면 남에 대한 이해의 폭도 넓어진다. 애초에 나쁜 사람이라서 범죄를 저지른 게 아니고 악을 조절하는 데 실패했기 때문이라는 생각에 범죄자에 대해서도 동정과 아량이 생긴다.

초등학생이 꼭 읽어야 할 세계 명작 시리즈